15년의 아카이빙, 하루키를 이해하는 40가지 키워드

하루키를 만나다

15년의 아카이빙, 하루키를 이해하는 40가지 키워드

하루키를 만나다

신성현 지음

알비

프롤로그

매일 새벽 머그잔에 담은 따뜻한 커피를 들고 책상에 앉아 무엇을 쓸까 하며 행복해하는 하루키를 떠올려 본다. 글을 쓰는 행위 자체를 사랑하는 그는 정신과 육체를 컨트롤하며, 마치 사명과도 같은 글을 쓰는 일을 45년 넘게 묵묵히 해왔다. 그의 워드프로세서 커서를 따라, 주인공이 등장해 대사를 내뱉고, 고양이와 대화를 하고 일상을 벗어나는 탐험을 시작하는 이야기가 마치 즉흥극처럼 펼쳐진다. 줄거리를 정해 놓지 않고 주인공이 가는 대로, 주인공이 얘기하는 대로 이야기는 흘러간다. 전 세계 모든 독자와 인터뷰어들이 그런 그의 작업 방식에 무언가 비밀이 있으리라 생각하고 파헤쳐 보려고 하지만, 무릎을 탁, 칠만한 해답이라는 것은 없다.

오랜 독자로서 같은 궁금증을 가지고, 매일 글을 쓸 수 있는 원동력과 전 세계 독자들을 흡입하는 비결이 무엇인지 궁금증을 풀어보기 위해 그의 작품과 에세이 그리고 인터뷰와 연구자들의 논문을 바탕으로 그의 작가 인생과 작품에 대해 40개의 키워드로 정리하는 작업을 진행했다. 15년이 넘는 시간 동안의 전 세계 인터뷰와 하루키 연구자들의 노력이 담긴 논문들 그리고 그의 작품들이 소중한 영감을 주었다.

첫 소설이 탄생한 한신칸의 뭉글한 봄날의 습도와 고치 해변에서 느낀 카프카 소년의 감정들, 이노카시라 공원과 고엔지 놀이터에서 느꼈던 눈앞에 보이는 풍광이 소설 속 이야기로 자연스레 물들어 변해가는 듯한 그 실감과 같이, 하루키 내면의 이야기를 쫓아가 작가이자 하나의 인간으로서의 하루키에 대해 조금 더 다가갈 수 있었다.

15년이 넘는 시간 동안의 전 세계 인터뷰와 하루키 연구자들의 노력이 담긴 논문들 그리고 그의 작품들이 소중한 영감을 주었다. 하루키가 작가 인생 전반에 걸쳐서 하고픈 얘기는 한

두 가지 혹은 많아야 서너 가지다. 그게 무엇인지는 그에게 직접 듣지 않는 이상 유추하기도 어렵다. 하지만, 인터뷰와 작품을 통해 반복적으로 강조하는 것들과 인터뷰어의 수완에 따라서 완곡하게 드러나는 그의 마음속 이야기를 토대로 하루키가 낯설고 쉽게 다가가지 못하는 독자들이 조금이라도 그를 이해할 수 있게 되길 바란다.

그가 소설가라는 직업을 45년 넘게 이어오며 하고 싶었던 이야기가 무엇인지, 그의 작가적 진정성이 독자 여러분에게 가닿을 수 있기를 바란다. 이 책은 오직 그 여정에 초점이 맞춰져 있다. 비슷한 맥락의 말과 상황적인 배경이 복수의 키워드에 섞였다고 느낄 수 있는데, 그런 부분은 그만큼 하루키를 아는 데 더 필요한 부분이어서 한 번 더 언급되었다고 이해해 주기 바란다.

낯선 공기의 차가움과 그를 달래는 뜨거운 커피가 온몸에 퍼지듯, 어느 여행지에 들고 간 책 한 권에 오롯이 파묻혀, 책이 곧 하나의 여행이 되는 그런 충만한 경험을 독자 여러분들도 해보면 좋겠다. 하루키의 유년 시절부터의 이야기를 통해 글쓰기에 대한 진심과 함께 살아가는 사람들에 대한 애정을 듬뿍 느끼길 바란다. 책에 담긴 긴 호흡의 문장을 읽어 내려가며 생채기가 어루만져지는 듯한 위로를 받는 따스한 경험은 바로 지금 당신 주변에 무심코 놓여있는 다른 어떤 책을 통해서도 느낄 수 있다는 가능성 또한 얘기하고 싶었다.

『하루키를 만나다』의 기획을 믿고 이끌어 주신 최병윤 대표님, 이우경 에디터님, 김대영 일러스트레이터님께 감사드린다. 원고 집필 동안 기다림과 응원을 보내준, 만삭의 모습이 너무나 아름다웠던 아내 원진이와 그 눈부심을 이어받은 아기 천사 민서에게 끝을 모를 감사와 사랑을 전한다.

신 성 현

목차

첫 번째 서랍, 태도

두 번째 서랍, 영감

세 번째 서랍, 비밀

네 번째 서랍, 탐험

첫 번째 서랍,

태도

책과 음악

그리고

고양이로부터

세상을 바라보는 시각과

작가적인 태도를

배웠다.

적어도 끝까지 걷지는 않았다.

달리기

하루키는 재수 끝에 와세다 대학에 입학 후, 고향인 한신칸◆을 떠나 도쿄에서의 생활을 시작했다. 고등학교 시절 신문부 편집장을 했고 또래보다 문학과 음악을 많이 접했으며, 수학과 물리학에는 어려움을 겪던 전형적인 문과생이었던 하루키의 전공은 제 1 문학부의 영화연극과. 대학에 입학하자마자 더욱 과격해진 전공투 운동◆◆에 휘말리기보단 학교와 거리를 두며 신주쿠의 레코드 숍이나 재즈바 아르바이트를 하며 지냈다. 이후 학교 강의에서 만나게 된 아내와 결혼하고, 처가에서 돈을 빌려 재즈 카페를 오픈하면서 7년 만에 학교를 졸업했다. 보통 사람이라면 대학 졸업 후 일을 시작하고 결혼하는데, 완벽하게 반대였다고 한 인터뷰에서 회고하기도 했다. 이렇게 기성 사회가 정해 버린 삶의 방식을 거스르고 자신만의 방식으로 살기 시작한 하루키는 운영하던 재즈 카페를 정리하고 전업 작가가 되기로 결심하면서 다시 한번 기존의 법칙을 깨 버린다.

◆ 오사카~고베 사이의 지역을 일컫는 말로 니시노미야시, 아시야시가 속한다.
◆◆ 1960년대 반정부 안보 투쟁 운동으로 시작되어, 1968년 니혼대학의 회계 비리 사태로 크게 촉발된 학생 운동

하루에 60개비를 피던 애연가에 음주도 즐겼지만, 세 번째 장편 『양을 쫓는 모험』을 집필하면서 담배를 완전히 끊고 처음으로 달리기를 시작하게 된다. 작가로서의 규칙적이고 건강한 '지속 집필 가능한 상태'를 만들기 위한 선택이었다. 선배 세대 작가들이 풍류를 즐기며 방탕하게 살아가는 모습도 '자유로운 창작자의 삶 중

하나'라고 인정하는 분위기에 반하는 선택이었다. 그는 46세 나이에 병으로 요절한 나카가미 겐지와 같이 작가로서의 재능이 이 세상에서 너무 빨리 사그라지는 것을 안타까워했다.

하루키가 달리기를 하기로 결심하고 처음 달린 곳은 세 번째 소설을 쓰기 위해 이사한 지바현의 후나바시란 동네의 니혼대학교 400m 운동장 트랙이었다. 그때의 기분을 그는 이렇게 회상했다.

> "처음 달리고 20분 정도 지났을 때, 숨이 가빠오고 심장은 요동치고 다리가 떨려왔다."

힘듦과 무언가 설레는 일을 시작했을 때의 느낌이 함께 묻어나는 표현이다. 그렇게 달리기를 시작한 그는 400m 트랙을 매일 달렸고, 1년 뒤 러닝 대회의 5km 코스를 시작으로 본격적으로 달리기 시작했다. 한 잡지사 원고의 취재차 마라톤의 기원인 그리스에서 첫 풀 마라톤을 뛰기도 하였고, 뉴욕, 보스턴, 호놀룰루 마라톤 등을 계속해서 참가하며 달리는 작가로서의 집필 활동을 계속했다. 이런 일련의 달리기에 대한 체험과 통찰을 통해 에세이 『달리기를 말할 때 내가 하고 싶은 이야기』를 출간하기도 하는데, 하루키의 소설을 여전히 낯설어하는 독자들에게도 손꼽히는 최고의 체력과 정신 동기부여 바이블이다.

그의 작가로서의 재능을 부인할 사람은 없겠지만, 재능만을 믿지 않고 신체를 꾸준히 단련하기로 한 그는, 74세의 나이에도 장편 소설 집필은 물론, 계속되는 해외 문학 번역과 한 달에 한 번 라디오를 통해 음악도 소개하고 국내외 정치, 사회 문제에 대한 소신 발언도 꾸준히 하고 있다. 최근 인터뷰에서 앞으로 하나 혹은 두 편 정도의 장편을 더 쓸 수 있을 것 같다고 했지만, 또 다른 인터뷰에서는 풀 마라톤을 뛸 수 있는 한 소설을 계속 쓸 수 있다고 말하기도 했다.

스페인의 노벨문학상으로 불리는 아스투리아스 공주상의 23년 수상자로 선정되었을 당시, 수상 이유에 작가의 자기 관리가 포함되었다. 위원회는 하루키의 수상 선정 이유로 '작가 자신의 신체 컨트롤과 창작 과정을 성찰하려는 노력이 다양한 세대에 영향을 미친 현대 문학사에 중요한 장거리 러너 중 한 명이기 때문이다'라고 밝혔다. 끝까지 펜을 놓고 싶어 하지 않는 하루키에게 달리기는 필수 불가결한 것이 아닐까. 결승점까지 계속해서 달려야 하는 마라톤처럼 하루키의 작가 인생도 다르지 않게 느껴진다.

지난 10년간 하루키를 따라 달리기를 해오면서 건강한 습관을 유지하게 된 것은 물론, 역시 여행지에서 새로운 코스를 달리는 일이 큰 즐거움이 되었다. 일본 여행 중에 하루키를 사고하며 뛸 만한 코스를 추천하자면, 먼저 하루키가 일본에서 가장 좋아하는 달리기 코스인 교토 가모강이다. 산조역에서 산조 대교를 통해 강으로 내려가서, 북쪽 가모강이 시작되는 두 강이 만나는 지점인

데마치야나기역까지 다녀오는 코스가 아주 매력적이다. 두 번째는 하루키가 장거리에 주력하고자 테스트했던 도쿄역 근처의 황궁이다. 그는 한 바퀴가 5km인 이곳에서 7바퀴, 총 35km 달리기를 하며 장거리 러너로서의 가능성을 테스트했다.

하루키는 매년 12월 하와이에서 열리는 호놀룰루 마라톤에도 계속 출전하고 있는데, 최근 참가한 22년 대회에서도 풀 마라톤을 완주했다. 74세 하루키의 기록은 6시간 57분 23초.

누군가에게는 잠을 자는 시간일 수도 있는 이 시간 동안 하루키는 분명 걷지 않고 계속 뛰었다. 달리기와 그의 작품 활동, 하루키가 스스로 정한 묘비명 중 하나인 '적어도 끝까지 걷지는 않았다.'를 다시 한번 곱씹게 된다.

양을 두려워하면서도 양의 탈을 쓴.

양사나이

전후 단카이세대◆의 풍요로운 환경 속에서 자란 하루키는 작가가 되기로 결심하고 무엇을 써야 할지 몰라 깊이 고민했다. 전쟁을 겪은 세대도 아니고, 큰 상처나 아픔을 겪지도 않고 순탄하게 자란 그가 가진 작가로서 첫 번째 고민이었다. 결국 '아무것도 쓸 게 없다'라는 것에 대해 쓰자는 것에서부터 그의 첫 소설이 시작되었다. 그렇게 비어있던 원고지는 세일러 만년필에 의해 자연스레 10대와 20대 초반 시절 한신칸의 풍광과 기억 그리고 주변 인물들을 불러들이며 자전적인 이야기로 채워졌다.

◆ '덩어리'란 의미. 1947~1949년에 태어난 사람들로 일본 고도 경제성장기의 한 가운데를 겪은 사람.

1979년 첫 소설 『바람의 노래를 들어라』로 시작되는 초기 3부작◆◆속 주인공인 '나'와 친구인 '쥐'를 통해 하루키는 어떤 이야기를 하고 싶었던 것일까?

◆◆ 『바람의 노래를 들어라』(1979), 『1973년의 핀볼』(1980), 『양을 쫓는 모험』(1982)

하루키는 전업 작가가 되기로 결심한 후 『양을 쫓는 모험』을 통해 장편 소설가로서 능력을 보여주기 위해 배수진을 치고 아내와 함께 홋카이도로 취재를 떠났다. 당시 면양 사업을 조사하며 '양'이라는 개념과 '양사나이'라는 캐릭터가 탄생했다. '양'은 1930년대 일본이 일으킨 전쟁의 군수 물자 생산을 위해 면양 사업을 시작한 당시 군부에 대한 비판적이고 회의적인 시각이 투영된 일본의 군국주의 혹은 전체주의의 총집결체를 상징한다고 볼 수 있다. 선한 양의 이미지와 전쟁과 폭력의 이미지가 강렬하게 부딪혀 이중적이고 이질적인 메타포가 탄생한 것이다. 하루키의 작품에서 '양'은 목적에 따라 사람을 선택하며 옮겨 다니는 위험한 존재로 정치계를 장악하는 우익 거물의 몸에까지 들어간다.

하루키의 분신이라고 여겨지는 캐릭터 중 하나인 '양사나이'는, 양가죽을 머리에서부터 푹 뒤집어쓰고, 새우등에 다리가 굽은 150cm 정도의 키를 가진 캐릭터로 묘사된다. 양가죽의 팔과 다리 부분은 접합되어 있고 머리에 쓴 후드 위에는 실제 양의 뿔이 달려있고 왼쪽 팔 주머니에는 세븐스타 담배와 라이터가 들어있다. '양사나이'는 전쟁 징집을 피하려고 숨어 사는 캐릭터로 '양'의 영향력을 두려워하지만, '양'의 탈을 쓰고 있는 이중성을 띤 존재이다. 삶의 혁명을 꿈꾸면서도 일상에 안주했던 당시의 하루키 자신이자 우리 모두의 모습을 말하고 싶었던 것은 아닐까.

하루키는 대학 시절 사회의 불공정과 불합리를 타파하고자 시작된 전공투 운동이 점점 초기의 취지와 멀어지며 수많은 계파 간의 세력 다툼으로 변질되는 것을 보며, 회의를 느끼고 거리를 두었다. 전공투에 참여했던 학생 대부분은 이후 맞이하는 고도 경제성장의 과실을 받아먹는 소위 '단카이세대'가 되었고, 이런 수혜는 그가 작가로 데뷔한 시점에 정점에 달하였다.

이렇게 같은 세대에서 나타나는 의식의 휘발성 혹은 이중성에 대해 비판적인 시각을 가지고 작품 속에도 반영하려고 했다. 이 지점에서 등장하는 다른 캐릭터로 '쥐'가 있는데, '쥐'는 1948년 쥐띠 해에 집중적으로 태어난 단카이세대를 대표하는 캐릭터로 보는 것이 일반적인 해석이고, 주인공 '나'와는 다르게 부유한 가정환경에서 자란 것으로 묘사된다.

하루키는 이렇게 본인이 무기력하게 혹은 무관심하게 스쳐 지나온 가까운 과거의 역사와 사회적인 상황을 되돌아보며 '양사나이'와 '쥐'라는 캐릭터를 만들었다. 음흉한 모종의 목적에 따라 사람을 옮겨 다니는 '양'은 결국 '쥐'의 몸에 들어가게 되고, '쥐'는 '양'이 자기 몸과 의식을 지배하기 전에 스스로 목숨을 끊어 과거 자신들의 선언뿐이었던 메시지를 반성하고, 비록 나약할지라도 진정한 나로 돌아가는 일종의 구원 의식을 치른다. 하루키의 분신인 '양사나이'는 '양'과 함께 죽은 '쥐'를 묻어주며 위로한다. 동시대를 살아온 사람들로 대표되는 '쥐'가 '양'을 죽이는 의식을 수행하면서, 기존 체제의 종말을 선언하고 새로운 출발을 하려는 작가적 의식을 진행한다고 볼 수 있을 것이다. 무엇을 써야 할지 몰랐다고 했던 하루키는 결국 자신의 안으로 파고들어 '양사나이'와 '쥐'를 만나게 되면서 작가로서 자신이 해야 할 일을 깨닫게 된 것이다.

하루키가 『양을 쫓는 모험』의 집필을 위해 1주간 아내와 함께

떠난 곳은 소설에서도 언급된 홋카이도 나카가와군 비후카초(美深町)이다. 작가적 상상력을 제한한다는 이유로 작품을 쓰기 전에는 배경지를 절대 방문하지 않는 원칙이 있는 하루키가 얼마나 의욕적으로 이 작품에 힘을 쏟아부었는지 알 수 있다. 소설의 실제 장소는 아니지만, 비후카초에 소설 속 모습과 흡사한 별장이 있어, 전 세계 하루키 팬들이 방문하고 있다. 별장 이름은 '팜인톤토(ファムイントント)'. 인근에 같은 주인이 운영하는 마쓰야마 목장에서 양을 사육하는 모습을 실제로 볼 수 있고, 홋카이도의 선선한 공기와 자연으로 둘러싸인 뛰어난 러닝 코스와 흙으로 된 소학교 트랙도 있다.

숙박을 하면 저녁으로 양고기 화로구이가 나오고, 유제품을 맛볼 수도 있는 이곳에서는 매년 노벨문학상 수상 기원 이벤트와 하루키 작품 낭독회도 열린다. 이곳을 거쳐 간 여행객들의 다양한 이야기도 들을 수 있어 하루키 작품을 사고하며 풍성한 가을을 보낼 수 있는 매력적인 곳이다.

모든 국적, 세대가 함께하는 공간.

시나몬 잉크 자료실

1885년 일본 최초로 해수욕장이 생긴 가나가와현 오이소는 도쿄 신주쿠에서 남서쪽 54km, 지하철로 1시간 남짓 걸리는 조용한 바닷가 마을이다. 하루키가 전업 작가의 길을 걷기 시작하면서 지냈던 같은 현의 후지사와시가 동쪽으로 17km 떨어져 있다. 하루키는 이곳에 자택을 두고 도메이고속도로와 『1Q84』의 주인공 아오마메가 택시에서 내려 1Q84년의 세계로 내려간 수도 고속도로 3호선을 직접 운전하여 아오야마 인근 사무실로 이동했다. 재즈 카페도 정리해서 도쿄에 있을 필요도 없고, 번잡한 도심을 떠나 교외에서 전업 작가로서 새로운 시작을 하고 싶었을 것이다. 무엇보다 작가라는 직업이 넥타이를 매고 매일 출근하는 직업이 아닌지라 드라이브를 즐기며 가끔 도쿄 도심으로 나오는 생활을 그리지 않았을까.

미디어의 노출을 극도로 꺼린 그이기에 개인 일상에 대한 정보가 거의 없다시피 하지만, 에세이집 『무라카미 라디오』의 삽화를 담당했던 오오하시 아유미 씨가 발행했던 잡지 『아르네』에 실린 오이소 자택 방문기를 통해 어느 정도 엿볼 수 있는데, 그의 자택에서의 생활과 일상 아이템들이 아기자기하게 소개되어 있다. 최근에는 자택에 보관 중인 다량의 레코드와 서적 컬렉션을 잡지 『브루터스(BRUTUS)』에 소개하기도 했고, 코로나19 시기에는 2018년부터 맡아 온 도쿄 FM의 DJ 방송을 자택에서 녹음하기도 했다.

오이소 자택에는 이름이 따로 있다. 명패에 주인 이름이 있는 보통의 집과는 달리 '시나몬 잉크 자료실'이라는 이름이 있고, 그 밑으로 '무라카미'라고 작게 쓰여있다. '시나몬'은 하루키가 미국 체류 시절 집필한 8번째 장편 『태엽 감는 새 연대기』에 등장하는 캐릭터이다. 아카사카역 주변의 사무소에서 고위층을 상대로 비밀스러운 일을 하는 아카사카 너트메그의 아들이며, 우물이 있는 집에서 지내는 주인공 '나'를 돌봐주는 인물이다. 시나몬은 하루키 자신과 같이 외동아들이고 중학교 시절 음악과 책을 가까이하며 성장하였으며, 피아노를 배우기도 한다. 시나몬은 치밀하게 구축한 시스템과 소설 제목과 동일한 '태엽 감는 새 연대기'라는 프로그램을 통해, 일본이 일으킨 전쟁 중에 발생한 중국인들을 향한 폭력적인 일들을 태엽에 의해 수동적으로 살아가는 주인공 '나'와 독자들에게 묵직한 메시지로 전달한다.

시나몬은 어린 시절 말을 하지 못하게 된 설정으로 등장하는데, 『바람의 노래를 들어라』에서의 주인공 '나'가 말수가 없어 부모님이 병원에 데려간 것과 하루키가 선천적으로 말주변이 없었던 것과 겹쳐진다. 소설가라는 직업은 말이 아닌 글로 이야기하는 직업이다. 하루키가 작가 생활 전반에 걸쳐 지켜온 원칙으로, 외부로 말을 많이 하기 시작하면 탈이 나기 마련이라는 점을 의식한다. 아카사카 시나몬은 그렇게 하루키처럼 말을 아끼고 그가 구축한 시스템을 통해 세상에 마주 서려 한다. 이것은 곧 하루키 자신이 겪은 아프고 부조리했던 상황에 대해 잊지 않겠다는 의지의 표현이라고 볼 수 있지 않을까. 시나몬으로부터 들은 과거의 기억을 잊지 않고 자신의 시나몬 잉크로 원고지에 꾹꾹 눌러 기록하고, 시나몬 향의 힘으로 의식의 부패 작용을 막고 계속해서 보관해 나가겠다는 의미와 자신이 작가가 된 이유이자, 그가 앞으로 계속해야 할 소명에 대해 시나몬을 통해 그 향기를 발산하고자 하는 의지를 다지는 것으로 보인다. 시기상 미국 체류 후 오이소에 정착했을 것으로 보이는 하루키는, 미국 체류 기간에 완성한 『태엽 감는 새 연대기』를 통해 등장시킨 자신을 투영한 캐릭터 '시나몬'을 자택 이름으로 사용했으리라 생각된다.

자료실이라는 이름과 같이 오이소 자택의 중요한 기능 중 하나는 바로 '보관' 혹은 '저장'이다. 자택의 일부 공간은 완전한 수납 공간으로 기능하고 있다. 국내외의 중고 레코드숍에서 모은 수많은 레코드와 자신의 해외 번역본들, 번역 작업을 위한 다양한 해외 문학 서적, 그리고 1987년 『노르웨이의 숲』까지 직접 손으로 썼던 원고들도 수납되어 있다. 하루키 자택을 취재한 오오하시 아유미 씨에 따르면 이 장소는 계절에 맞게 일정 온도와 습도가 유지되는 시스템을 갖추고 있다고 한다.

오이소는 약 30년간 그야말로 하루키 작품의 근간이자 원동력이 되었고, 이제 이 자료실의 기능은 2021년 오픈한 와세다 국제문학관으로 옮겨지고 있다. '시나몬 잉크 자료실'에 보관 중인 방대한 자료들이 흩어져 버리는 것을 원치 않아 레코드와 서적들을 모두 기증하기로 했고, 일부는 이미 옮겨져 일반 독자들에게 공개하고 있다. 하루키가 사랑한 나쓰메 소세키의 구마모토 자택이나 프란츠 카프카가 근무했던 장소인 센추리 올드타운 호텔같이 과연 훗날 하루키를 기념할 수 있는 장소가 마련될까 생각해보면, 역시 생가나 거주했던 집을 기념하는 낯부끄러운 일은 극구 사양했을 테고, 그 대안으로 제3의 공간인 〈무라카미 라이브러리〉를 통해, 자신을 기념하는 것만이 아닌 모든 국적, 세대가 함께 문학적 성취를 나눌 수 있는 공간을 마련했다고 생각된다.

'시나몬 잉크 자료실'이 조금이라도 더 지금 자리에 남아 힘찬 시나몬 잉크 향을 뿜어 주었으면 한다.

밑바닥 아래 도저히 통과할 수 없는 벽을
넘어 이어지는 것.

커미트먼트

'40살'이라는 나이는 하루키에게도 의미가 있다. 30살에 작가로 데뷔한 그는 대중적인 지지를 탄탄히 쌓아왔지만, 일본 문단과 평단과는 거의 등을 돌리다시피 하며 사회를 향한 메시지 전달보다는 하루키 본인의 내면으로 들어가며 집중했다. 1960년대에 더 나은 세상을 그리며 저항하다가 이후 경제 호황이라는 단물에 빠져 아무런 대책 없이 주저앉아 버린 동 세대들에 대한 참담한 시선을 소설로 그려낸 1988년 출간작 『댄스 댄스 댄스』로 초기 4부작을 마무리하며 그의 나이 39살에 작품 '1기'가 마무리되었다.

1987년 이탈리아 체류 기간에 써낸 리얼리즘 소설 『노르웨이의 숲』의 대성공으로 인해, 일본 국내에서의 정신과 육체적으로도 힘든 시기를 견뎌 냈던 하루키는 잠시 귀국했다가, 1991년 42세의 나이에 미국 프린스턴 대학의 초빙으로 다시 해외로 떠나게 된다.

하루키는 미국으로 가기 전부터 일종의 작가적인 전환점에 있었다. 소설가로서 하고 싶은 이야기가 한 단락 마무리되었으니, 이제 역사 소설을 쓰고 싶다고 생각했다. 사실 하루키는 엄청난 독서광이었고, 소설뿐만이 아니라, 논픽션과 역사서도 탐독했으며 『세계의 역사』 전집은 중, 고등학교에 걸쳐 몇 번이고 읽어서, 세계사 시험은 따로 공부할 필요가 없을 정도였다. 이런 그가 작가로서의 새로운 전환점에 서게 되었고, 『노르웨이의 숲』으로 온갖 문단의 비판과 대중의 관심을 동시에 받으며 일본을 다시 떠나 미국에 체류하게 되었다. 다시 한번 외국에서 차분히 소설을 쓸 수 있는 환경이 주어진 하루키는 프린스턴 대학 도서관에서 일본과 전쟁에 대한 자료를 접하게 되면서, 새로 시작하는 소설에 노몬한 사건이라는 일본의 무리한 군국주의 팽창 정책에 의해 엄청난 사상자와 함께 큰 패배를 안겨 준 역사적인 사건을 직접 대입하게 된다. 이렇게 작품 '2기'의 시작으로 역사적인 사건을 소설에 대입한 『태엽 감는 새 연대기』가 세상에 태어난다. 그의 커미트먼트(commitment), 즉 작가로서의 참여 혹은 책무를 하기 위한 첫발을 디딘 것이다.

하루키는 미국에서 그의 작가 인생에 있어서 큰 영향을 끼치게 되는 인물을 만난다. 일본인 최초의 융 학파 정신분석가 자격을 얻은 임상심리학자이자 심리치료 전문가로도 활동했고 문화청 장관까지 지낸 가와이 하야오이다. 그는 어린 시절부터 자신이 죽는다는 사실에 대한 두려움으로 많은 고뇌를 했던 섬세한 소년이었고, 기성 문화에 반발하려는 성향도 강했다. 일면 닮은 면이 있는 것 같은 두 사람의 인연은 1994년 하루키가 프린스턴 대학의 일정을 마치고 보스턴의 터프츠 대학에 있을 때, 프린스턴 대학에 초빙되어 온 가와이 하야오와 몇 차례 만나 얘기를 나누면서 시작되었다. 하루키는 그전까지 융이나 가와이 하야오의 저작을 접하진 않았지만, 인간의 심리에 관한 관심과 바라보는 방향, 얘기하고자 하는 것들이 서로 맞는다고 느끼게 되었다.

"특히 미국에서 느낀 것은, 미국에서는 더는 개인으로 있기 위해 도망칠 필요가 없다는 것입니다. 원래 개인으로 살아가야 하는 곳이니까. 제가 추구하는 것이 그곳에서는 의미가 없는 것이죠"◆

◆ 『하루키, 하야오를 만나러 가다』 대담(1995. 11)

작가로 데뷔하고 어떤 조직, 단체, 그룹에서 도망치면서부터 개인의 내면을 들여다보는 의도적인 작업을 해 온 하루키는 미국에서 지내면서, 개인을 들여다보지 않아도 됨을 느끼게 되었다. 이미 개인으로 사는 곳에서는 그럴 필요가 없음을 느낀 것이다. 그렇게 외부에서 일본을 객관적으로 바라보게 되면서 역사적인 일들에 대해 자연스레 관심이 커졌다. 미국 체류 시기가 끝나는 1995년 일본에서 벌어진 두 가지 사건, 고베 대지진과 옴진리교 사린 테러 사건으로 인해 사회에 관한 관심을 더 가지려는 작가적 의식이 생겨났지만, 실상 일본에 돌아와서는 그래서 어디에 어떻게 커미트먼트 할 것인가에 대해서는 한동안 정하지 못했다고 한다.

이즈음 교토에서 2박 3일에 걸친 가와이 하야오와의 대담을 이어갔고 그 내용은 『하루키, 하야오를 만나러 가다』라는 단행본으로 출간되었다. 이 대담에서 하루키의 저작 중 '커미트먼트'라는 용어가 처음 등장한다. 하루키는 커미트먼트에 대해 '인간과 인간이 관계를 맺는 것'이라고 정의했다. 그러나 단순히 서로를 이해하며 손을 맞잡는 것이 아니라, 나 자신의 우물을 파고 또 파 내려가 그 밑바닥에서 도저히 통과할 수 없는 벽을 넘어서 이어지는 커미트먼트다. 이 대담은 하루키가 『언더그라운드』 작업을 한창 준비 중인 시점이었고, 당시의 일본 사회에 대한 문제점과 옴진리교 테러라는 초유의 사건에 대해 심도 있는 얘기를 나누면서 사회적인 관계성 즉 커미트먼트에 대한 고민을 점점 더 키워오던 시점이었다. 가와이 하야오는 '우리는 이제 어디로 가야 하는가?'에 대해 고민하는 절박한 상황에 있다고 얘기하는 하루키에게 사회의 도덕성(morality)에 관해 이야기하며 그것을 언어화해야 하는 것은 작가의 의무이고, 그 작업과 사고가 설령 누군가 후대에 전수하여 계승시키지 않더라도, 그렇게 사회에 메시지를 전달하려 노력했던 그 노력의 자세는 남아서 자연스럽게 전해질 것이라고 했다. 그렇게 하루키는 직접 커미트먼트를 한 최초의 결과물로 『언더그라운드』를 1년여의 작업 끝에 세상에 내놓게 되었다.

하루키는 자기 작품을 다시 읽어보는 일은 거의 없지만, 유독 어떤 이유 때문인지 『언더그라운드』는 다시 읽을 때가 있는데, 그럴 때마다 눈물이 흐른다고 한다. 이것은 진짜 이야기이고 살아있는 개개인의 이야기이기 때문이다.

가와이 하야오는 2007년 세상을 떠났고 2012년 설립된 가와이 하야오 재단에서 마련한 '가와이 하야오 학예상' 제정을 기념하여, 일본 내에서는 좀처럼 대외 활동을 하지 않는 하루키가 이례적으로 교토대학교에서 강연과 대담을 진행했다. 거의 없을 공개 강연이었던 만큼 미디어와 일반 시민에게 많은 관심을 받았다. 그가 얼마나 가와이 하야오 씨에게 위로와 격려를 받았는지 알 수 있는 부분이다.

> "가와이 선생님과 저는 '이야기'라는 개념을 공유하였습니다. 이야기라고 하는 것은 사람의 가장 깊은 곳으로부터 나오기 때문에, 그것을 공유하는 것은 한 사람, 한 사람을 깊은 곳에 묶어 둘 수 있습니다. 굳이 말로는 표현하지 않았지만, 서로 그런 어떠한 공감대가 있었던 것은 아닐까, 생각합니다. 이런 깊은 공감을 공유할 상대는 가와이 선생 외에 한 사람도 없습니다. (중략) 이야기라는 것을 온전히 받아 주고 이해해 준 사람 역시 가와이 선생님밖에 없었습니다."

이 연설은 2017년 『직업으로서의 소설가』의 마지막 챕터에 하나의 글로 다시 작성되며 가와이 하야오 선생님에 대한 추억과 일찍 세상을 떠난 아쉬움 등을 토로하였다. 진지하게 세상으로 커미트먼트 하기 위해 노력한 두 사람의 정신적인 가치를 깨닫는 독자들이 점점 더 많아지길 기대하며 교토에서의 2박 3일 동안 두 사람이 진지하게 고민했던, 삶을 대하는 그 진실성에 대해 생각하게 된다.

인생의 크림은 내가 설정한 원의 중심으로부터.

크림 드 크림
Crème de la Crème

2017년 『기사단장 죽이기』가 발표되고 3년 뒤인 2020년 발표한 단편집 『일인칭 단수』는 『기사단장 죽이기』를 통해 다시 한번 일인칭 작법에 대한 그리움과 창작욕을 쏟아부었던 여운을 이어 모두 일인칭으로 기술한 단편집이다. 하루키는 보통 하나의 장편소설을 발표하면, 잠시 쉬어 가는 시기에 번역이나 단편소설을 쓰곤 하는데, 70세를 목전에 둔 하루키가 일인칭 시점으로 다시 돌아가 하고 싶은 얘기가 무엇일지 모두가 궁금해했다. 이렇게 쓰인 단편이 나중에 장편 소설로 확장되는 경우도 종종 있는데, 독자들에게 가장 많이 알려진 『노르웨이의 숲』도 그렇고, 『세계의 끝과 하드보일드 원더랜드』, 『태엽 감는 새 연대기』, 긴 호흡으로 보면 『1Q84』도 마찬가지다.

단편집으로 출간되기 전인 2018년 여름 문예지 『문학계』에 「돌베개에」, 「크림」, 「찰리 파커 플레이즈 보사노바」 세 편의 단편이 먼저 실리게 되는데 이 중 「크림」이 뉴요커지에 하루키의 영문 번역 파트너인 필립 가브리엘 교수에 의해 번역되어 실렸다. 「크림」은 화자인 '나'가 재수 시절 고향인 고베의 언덕에서 겪은 기묘한 일을 젊은 친구에게 들려주는 이야기다. '나'는 재수를 하던 그해 가을, 중학교 때 같이 피아노를 배우던 동급생으로부터 그녀의 피아노 연주회에 초대를 받아 연주회 장소로 가지만 문은 굳게 닫혀 있고, 그녀도 보이질 않는다. 하릴없이 인근 공원으로 발걸음을 돌려 잠시 앉아 있는데, 마치 큰 확성기로 말하는 듯한 메시지가 들려온다. "모든 사람은 언젠가 죽음을 맞습니다. 그 누구도 죽음과 그 이후의 심판을 피해 갈 수 없습니다. 죽은 후에는 그의 죄로 심판을 받을 것입니다.” ‘나’는 공원에서 갑자기 밀려오는 극심한 피로감과 함께 호흡 곤란을 겪게 되고 이내 몸을 추스르고 맞은편에 한 노인이 앉아서 이쪽을 바라보고 있다는 사실을 알게 된다. 노인은 ‘나’에게 알 수 없는 말을 건넨다. “많은 중심이 있는 원, A circle with many centers” “크림 중의 크림, Crème de la Crème” 본디 원은 오직 하나의 중심과 원둘레로 이뤄지는데, 소설 속 노인은 중심이 무수히 많고, 둘레를 갖지 않는 원을 떠올릴 수 있겠느냐고 묻는다. 하지만 ‘나’는 그게 어떤 의미인지 모른다.

둘레가 없는 원은 어떤 제한이나 한계가 없다는 의미로 들린다. 그 존재가 지니는 ‘확장성’, ‘가능성’ 일 것이다. 세상 사람들 모두가 말하는 한 가지의 방향, 목표만이 정답이 아니라는 말이 아닐까. 부모님이 원하는 국립대에 가기 위해 재수를 하고 있던 1967년의 고베의 하루키 본인을 직접 등장시키는 강수를 두면서까지 말이다. 또한 소설 속 노인은 자신만의 원의 중심을 설정해 끊임없이 노력하면 보이지 않던 원의 둘레가 보이기 시작할 것이고, 바로 그것이 ‘인생의 크림’이 될 것이라고 얘기한다. ‘Crème de la Crème’은 최고 중의 최고라는 의미의 프랑스어인데, 최고 좋은 것, 인생에서 가장 중요한 에센스(essence, 본질)라는 의미다. 자신의 인생의 ‘크림’은 다른 누군가가 아닌 내가 직접 설정한 원의 중심으로부터 나의 영역(원의 둘레)을 직접 구축해야 한다는 메시지로 해석할 수 있다.

뉴요커지에 「크림」이 실리고 가진 인터뷰에서 하루키는 이 물음에 대한 해답을 찾을 수 있는 힌트를 주는데, 그것은 바로 '믿음'이다. 둘레가 없는 원이 있다는 믿음, 그것은 즉 나 자신이 그것을 찾아내고 결국 중심을 찾고 그 둘레를 그릴 수 있게 된다는 믿음에서 시작해야 한다는 의미가 아닐까. 또 하나 하루키가 말하는 의미는 어떤 문제에 대한 답을 얻는 것 보다, 올바른 질문을 하는 것이 더 낫다는 것이다. 하루키는 항상 이 명제를 가슴 속에 두고 살아왔고, 그것을 염두에 둔 채 이야기를 써왔다.

「크림」은 하루키가 70살을 앞둔 여름에 쓴 작품으로 『기사단장 죽이기』가 출간되기 전 인터뷰에서는 이제 한두 개 정도의 소설을 쓸 수 있을 것 같다고 했으니, 하루키의 말과 본인의 느낌이 맞았다면 이제 그의 장편 소설은 몇 개 남지 않았다. 그도 육체적 나이를 먹으면서 물러나야 할 때를 염두에 두고 있을 것이다. 40대에 접어들면서 자기 소설에 역사적인 사실을 접목하기 시작했듯 70세를 맞이한 작가 이력의 주요 변곡점에서 이제는 마지막 한 지점을 향해 가고 있을지도 모르겠다.

「크림」을 쓰고 몇 개월 뒤 모교인 와세다 대학에 수집한 레코드와 워드프로세서로 쓰기 전인 『노르웨이의 숲』까지 자필 원고 등을 기증하기로 하였는데, 그 이유는 '자녀가 없어 본인이 죽으면 자료가 흩어져 버릴까 봐'라고 밝혔다. 하루키는 「크림」이라는 단편을 통해 자신의 노력과 마음가짐에 따라 무한히 확장되는 중심이 많고 둘레가 없는 원의 기이한 이야기를, 18살 고베의 언덕에서 겪은 기묘한 일을 아는 동생에게 설명하는 행위를 통해 노인으로부터 받은 메시지를 다음 세대에게 전하듯이 스토리텔러로서의 소설가인 자신의 작업을 통해 후배 세대에게 이어 주고 싶다는 뜻으로도 받아들여진다. 이는 하루키가 계속해서 언급하는 이야기를 하려면 폐쇄된 곳에 갇히지 말고 오픈 서킷으로 나와야 한다는 말과도 일맥상통하는 부분이다.

이 의식은 결국 코로나 시기를 지난 5년 뒤 장편 『도시와 그 불확실한 벽』으로 확대되고 구체화 된다. 앞서 언급한 뉴요커지의 인터뷰에서 「크림」의 이야기가 확장될 가능성이 있냐는 질문에 생각해보지 않았지만 제안은 감사하다고 답했던 하루키는, 고베 언덕에서 당시의 재수생 하루키에게 원주가 없는 원의 확장성에 관해 이야기했던 노인을 이번에는 도서관 관장인 고야스씨로 재등장시킨다. 고야스씨는 주인공 '나'를 자신의 후임 도서관장으로 임명하고, 도시에서 꿈 읽기를 계속하고 있는 또 다른 '나'는 도서관장으로 취임한 '나'의 도서관에서 책을 탐독하던 옐로 서브마린 소년에게 꿈 읽기 작업을 인수인계한다.

여기서 꿈을 읽는 작업은 '오래된 꿈'을 읽는 일이다. '오래된 꿈'은 전쟁에서 죽은 영혼들의 한, 그들의 소박한 꿈, 가족과 따뜻한 저녁을 먹는 꿈 같은 것들이다. 꿈을 읽는 것의 의미는 여러 해석이 있을 수 있겠지만, 그 꿈을 읽으며 그들의 영혼을 위로하고,

현재 꿈을 잃고 메마른 삶을 살아가는 사람들에게 그들의 꿈을 다시 살려주어 환생시켜 주는, 생명을 다시 불어넣어 주는 이야기꾼, 즉 하루키가 평생 해오고 있는 소설가의 일이다. 자신의 내면 혹은 우물, 지하 2층, 혹은 불확실한 벽 너머의 이 도시에서 꿈을 읽는 이야기를 써내는 작업을 하던 하루키는 자신과 비슷한, 도서관에서 15살부터 카프카를 읽는 소년에게 이 이야기꾼의 일을 계승하는 것이다.

> "이 소설은 3세대의 이야기에요. 최상위는 '고야스' 씨라고 하는 70대의 남자, 그리고 40대의 '나', 10대의 '나' 또는 옐로 서브마린의 소년. 그렇게 3세대의 이른바 '계승'에 관한 이야기 같은 지점이 있어요. 그런 의미에서 이렇게 종적인 구조가 생겼기 때문에 이야기가 잘 진행되었던 것도 있는 것 같아요. 횡적인 구조만 있다고 하면 이야기가 잘 진행되지 않죠."◆

◆ 일본 마이니치(毎日新聞) 웰즐리대 체류 인터뷰(2022)

초기작에 등장하는 도넛의 구멍을 통해 자기 내면으로 깊게 내려가는 방식의 작업에 몰입했던 하루키는, 이제 정반대의 개념인 둘레가 없는 원에 대해 이야기한다. 도넛의 구멍을 통해 내면으로 무한히 들어갔던 하루키의 세계는 외부로 점점 확장되었고, 자기 내면이 아니라, 외부로 관계된 사람들로 관심을 돌려, 시대와 시대정신의 계승을 이야기한다. 이렇게 하루키의 작품 전반을 통해 도넛과 둘레 없는 원이 하나의 수미상관을 이루게 된다. '계승'이라는 또 다른 형태의 커미트먼트를 하고자 하는 하루키는 자신의 이런 메시지를 독자들과 후대의 사람들이 이어받길 꿈꾸고 있다. 계속해서 이야기를 쓰며 꿈을 꾸는 그의 식지 않는 의지가 느껴진다.

결국 중요한 것은 오로지 독자.

아쿠타가와상

『바람의 노래를 들어라』를 완성한 1979년 봄. 하루키는 고단샤 출판사에서 주최하는 군조신인상에 자필 원고로 응모했다. 이 군조신인상 자필 원고에는 안타까운 사연이 있다. 당시 하루키가 과연 되겠냐는 생각으로 복사본 없이 원고를 보내버리는 바람에, 제출된 원고는 주최 측의 소유가 된다는 규정에 따라 와세다 국제문학관 기증 목록에서는 제외된 것이다. 하루키는 그렇게 기대치 않게, 밑져야 본전이라는 생각에 응모한 군조신인상에 당선되며 등단하게 된다. 군조 6월 호에 당선작과 하루키의 짧은 수상 소감이 실렸는데, 피츠제럴드가 에세이에서 한 말인 '남과는 다른 이야기를 하고 싶다면, 남과는 다른 말로 이야기하라'라는 말을 인용하며 "수상은 매우 기쁘지만, 형태가 있는 것에만 연연하고 싶지 않고 또한 벌써 그럴 나이도 아니라고 생각한다."라고 남겼다. 매우 기뻐할 만하지만 흥분하지 않는, 문학상을 받고 유명해지기 위해 글을 쓴 것이 아니라 자신 안의 무언가를 찾고 싶어서 작가가 되고자 했던 결의가 그때부터 보이기 시작했다.

같은 해 7월, 하루키의 작품을 높게 평가하며 군조신인상을 안겨준 작가 중 한 명인, '제3의 신인'◆의 대표 주자 요시유키 준노스케가 심사위원으로 있던 아쿠타가와상의 최종 후보에도 올랐다.

◆ 전후 1953~1955년까지 일본 문단에 등장 한 신인 작가들을 일컫는 말

소설 『라쇼몽』으로 잘 알려진 작가 아쿠타가와 류노스케를 기리기 위해 1935년 제정된 상으로, 단편과 중편 소설(보통 원고지 100매에서 200매 사이) 이내 분량의 신인 작가의 작품을 대상으로 한다. 그의 친구이자 문예춘추사를 설립한 작가 키쿠치 칸에 의해 아쿠타카와 사후 8년 뒤 제정되었다. 하지만 하루키는 이 상을 받지 못했다. 군조신인상 심사위원보다 수도 많고 평균 연령도 높았고 요시유키 준노스케도 나이가 많은 선배 작가들 속에서 자기주장을 강하게 내기 어려웠는지 이번에는 다소 보류하는 듯한 평가를 했다. 신인에게 주어지는 최고의 상이기에, 군조신인상을 타며 다소 기대했을지도 모르는 하루키는 심사위원들로부터 썩 기분이 좋지 않을 만한 평가를 듣게 된다. 일본에서 노벨문학상을 수상한 두 명 중 한 명인 오에 겐자부로는 '미국 문학을 훌륭하게 모방했지만, 그런 시도가 작가에게나 문학적으로는 의미가 없어 보인다'라는 혹평을 남겼다. 1년 뒤 두 번째 소설 『1973년의 핀볼』로 다시 한번 아쿠타가와상 후보에 올랐고 1년 전 혹평을 했던 오에 겐자부로 등 몇 명은 지지를 표하며 당찬 신인 작가를 계속 보고 싶다고 했지만, 결국 그 누구에게도 상을 주지 않으며 수상작이 없는 것으로 마무리되었다.

하루키가 왜 아쿠타가와상을 수상하지 못했는지는 많은 비평가의 가설과 분석이 넘쳐난다. 하루키는 첫 소설의 시작을 영어로 먼저 쓰고, 그것을 일본어로 번역하는 언어 치환 작업을 했는데, 본인 스스로 작가로서 자질에 대해 확신이 들지 않아서 이런 방식을 택하여 자신만의 언어로 이야기하고 싶었다고 한다. 그렇게 가볍고 통통 튀는 번역 투의 필체를 내세운 『바람의 노래를 들어라』가 탄생했다. 작가는 사회와 공동체에 대한 고뇌를 바탕으로 한 글을 써서 그 사명을 다해야 한다는 기존의 시각에서 완전히 벗어나, 본격적으로 개인에 집중하고 개인의 고뇌와 치유에 대해 사유했다고 할 수 있는 하루키의 작품은 심사위원들의 성에 차지 않았을지도 모른다. 기존 세대로 구성된 문학상의 심사위원들은 미국문학에서 영향받은 것이 보이는 재기발랄한 필치와 쿨함, 경직됨을 부정하는 것에 대해 흥미를 느꼈을지도 모르지만, 당시 사회와 선배 작가들이 신인 작가에게 바라는 관점을 지녔냐는 판단에 있어서는 성에 차지 않았던 것 같다.

하루키는 『직업으로서의 소설가』 3번째 챕터 '문학상에 대해서'를 통해 아쿠타가와상을 수상하지 못해 콤플렉스를 가지고 있을 것이라는 세간의 이야기에 대해 구체적으로 답했다. 문학상은 기본적으로 책을 팔아야 하는 출판사에서 주최하는 비즈니스의 한 형태로 볼 수 있고, 당시의 시대가 요구하는 테제를 다루면 수상에 유리하며 수상한 작품은 자연스레 대다수 독자의 관심을 끌게 된다. 이 말은 즉 독자의 관심을 끌기에 수월하다는 얘기가 될 것이다. 하루키는 독자는 결국 특정 문학상의 몇 년도 수상 작가를 기억하는 것이 아니라, 자신에게 영감을 준 흥미 있는 작품만을 기억하기에 결국엔 '이야기'만 남게 되는데, 'OO 문학상' 수상이라는 타이틀은 껍데기일 뿐이라는 것을 독자들이 더 잘 알고 있다는 것이다. 무엇보다 하나의 소설은 개인마다 다르게 느끼는 것인데 몇몇 심사위원이 일률적으로 한 묶음으로 살아있는 소설을 가두어 둘 순 없다고 답하였다. 문학상은 작가를 병들게 한다는 하루키의 말이 쓰게 다가온다.

아쿠타가와상을 놓친 하루키는 이후 일본 국내는 물론 전 세계 문학상을 보란 듯이 수상하며 세계적인 작가로 이름을 알리며 독자층을 쌓아 나갔다. 이런 하루키를 알아보지 못한 아쿠타가와상 측에 오히려 비판의 목소리도 있는 것이 사실이다. 두 번 연속 최종 후보에 오른 아쿠타가와상 수상에 실패한 후, 세 번째 작품 『양을 쫓는 모험』으로 노마 문예 신인상을 받고 그 이후 주요 작품으로 국내외 문학상을 계속해서 수상하였다. 노벨문학상이 성 추문으로 인해 한 차례 수상자를 발표하지 않았을 때, 대안으로 마련된 뉴아카데미상의 최종 4인 후보에도 올랐지만, 하루키가 집필에 집중하겠다는 메시지와 함께 후보를 사퇴했던 이색 경력도 있다. 문학상에 대해 비판적인 시각을 가지고 있는 하루키지만 해외 문학상의 시상식이나 스피치에는 거부감이 덜 한 모습인데, 해외 연단에서는 자국의 국민을 향해 소설의 형태가 아닌 좀 더 직접적인 메시지를 전할 수 있기 때문이 아닐까.

문학상의 수상 이유에서 공통으로 가장 많이 등장하는 말은 “동양과 서양의 경계를 무너뜨리는 이야기의 힘”과 “사람에 대한 깊은 이해와 위로”이다. 이것이야말로 하루키를 대표하는 사상이 아닐까. 특정 국가와 사회적인 배경하에 한 주인공의 그 사회 안에서의 고군분투하는 모습을 그리기보다는, 인간이라는 존재 자체에 관해 탐구하고자 했던 하루키의 작업은 그렇게 세계 모든 독자의 마음속에 가닿을 수 있었다. 만약 아쿠타가와상을 수상하면서 일본 문단의 영향력 아래 들어갔다면 하루키의 작업이 지금과 같이 발현하지 못했을 가능성도 있다고 보는 것도 지나친 해석은 아닐 것이다.

결국 하루키가 얘기하는 것은 문학상이 아니라 오로지 '독자'뿐이라는 것으로 귀결된다. 거의 모든 인터뷰에는 하루키를 괴롭히는 또 하나의 문학상인 노벨문학상에 관한 질문이 빠지지 않고 등장한다. 노벨문학상의 수상 가능성을 점치는 배팅 사이트에서는 매년 상위권에 랭크되지만 하루키는 항상 노벨문학상의 후보가 되었다는 루머를 들을 때마다 매우 불편하고 불안한 심정이라고 이야기한다. 자신은 오직 독자만을 염두에 두며, 독자들이 읽어주는 자신의 글을 통해서만 살아갈 수 있다고 이야기하는 하루키에게 그 어떤 상도 필요치 않으며, 오직 '좋은 독자'들만이 자신에게 주어지는 상이 될 수 있다는 것이다. '아쿠타가와상을 수상하면 이후 변변한 작품이 없다'라는 징크스가 있다. 현재 하루키의 작품 활동을 가능케 해준 1979년과 1980년 심사위원단에 감사해야 할 일일지도 모르겠다.

사람들의 공감을 불러일으키는 이야기의 힘.

라디오

트랜지스터라디오가 일본에서 처음 출시되고 4년 후, 초등학교 5학년이었던 하루키는 작은 소니 트랜지스터라디오를 선물 받아 라디오라는 세계를 처음 접하게 된다. 라디오를 통해 흘러나오는 DJ들의 유창하고 쿨한 멘트로 소개되는 팝 음악에 빠져들었다. 하루키가 중, 고등학생이 되면서 라디오도 조금씩 커졌고, 부모님이 모두 자는 밤 혼자 방에서 라디오 주파수를 맞추고 어떤 노래가 흘러나올지 설레는 마음으로 기다리다 눈이 번쩍 뜨일 만큼 마음을 움직이는 음악을 들으면 기대하지 못한 선물을 받은 기분에 흥분되기도 하였다.

일본의 재즈 발상지라고 할 수 있는 고베에서 학창 시절을 보낸 하루키는 고베 방송국 라디오를 통해 흘러나오는 미국 팝과 재즈를 들으며 자랐다. 현재는 '라디오 간사이'로 이름을 바꾼 당시 '라디오 고베'의 리퀘스트 프로그램을 매일 밤 들었고, 팝송과 재즈에 대해 다양한 해설을 해주었던 프로그램의 DJ였던 재즈 평론가 이소노 데루오씨로부터 음악과 라디오, DJ라는 것에 대해 여러 가지를 배웠다고 한다. 그때의 경험이 큰 공부가 되어, 학창 시절 라디오 듣기를 통해 일종의 교육을 받은 것이나 마찬가지였다.

학창 시절 라디오를 벗 삼고 라디오를 통해 다른 세계로 자유롭게 다니며 위로를 받았던 하루키는 작가로서의 첫 번째 챕터인 30대를 마무리하고, 40대에 접어들며 『태엽 감는 새 연대기』를 발표한 이듬해인 1996년 독자들과의 교류를 위해, 1984년 출간된 자신의 첫 에세이집인 『무라카미 아사히도』와 같은 이름의 웹사이트를 개설한다. 1995년 발생한 도쿄 사린 테러의 피해자들을 인터뷰한 『언더그라운드』 작업을 막 시작한 시점이었다. 자신의 내면으로만 파고들었던 작가적 의식이 이제는 밖으로 나와 사회와 커미트먼트를 하려고 결심했던 시점과도 일치한다. 웹사이트를 통해 독자들로부터 이메일로 질문과 상담을 받고, 그에 대한 하루키만의 통통 튀는 해결책을 제시해 주었다. 그러다가 함께 운영되었던 코너인 '무라카미의 근황'이 1년 뒤 '무라카미 라디오'라는 이름으로 새롭게 바뀌었다. 학창 시절 라디오로부터 받은 위로의 메시지와 음악들을 이제는 자신이 독자들에게 돌려주려는 의식이 반영된 타이틀이지 않았을까.

이렇게 당시의 하루키의 마음가짐이 '무라카미 라디오'라는 브랜드로 탄생했고, 이후의 「무라카미 라디오」라는 이름의 에세이집이 세 번에 걸쳐서 독자들에게 전해지며 다양한 에피소드를 들려주었다. 이 이후에도 하루키는 소설을 통해서 뿐만이 아니라, 웹사이트를 통해 꾸준히 독자들과의 소통을 시도했다. 『해변의 카프카』 출간을 기념해 독자들의 궁금증에 대해 답했던 2002년 '소년 카프카', 2006년 '무라카미 아사히도 2탄' 그리고 단행본으로도 출간된 2015년 '무라카미 씨의 거처'까지 독자들과 작품부터 일상생활까지 아우르는 다양하고 흥미 있는 질문과 답변을 주고받았다. 라디오는 하루키에게 실제로 다른 세상의 음악을 접하게 해준 물건이었고, 자신의 내면이 아닌 외부의 다른 사람과 소통하는 즐거움을 알게 해주었다.

소통의 작업을 더욱더 확장하고자 하는 그의 마음은 코로나19가 맹위를 떨치기 전 2018년 여름 시작된다. 하루키는 그가 학창 시절 선망했던 라디오 DJ를 실제로 할 수 있는 기회를 도쿄 FM으로부터 제안받았고, 아내와 논의를 거친 끝에 수락하였다. 그의 나이 70세에, 작가와 번역가에 이은 또 다른 직업인 라디오 DJ를 시작한 것이다. 집에서 혼자 15,000장에 달하는 레코드와 CD를 혼자 듣는 것도 이젠 여간 괴로운 것이 아니라는 생각이 들었던 참이었다. 하루키는 평소 소니 롤린스의 LP가 놓여있는 방에서 담배를 피우며 멘트를 하는 남자의 모습이 그려진 도날드 페이건의 〈The Nightfly〉 앨범 재킷을 좋아했는데, 이 앨범 재킷도 DJ를 결심한 데에 영향을 주었다고 한다. 방송의 오프닝 곡으로 도날드 페이건이 멤버로 있던 스틸리 댄의 라이브 〈Madison Time〉을 헌정하기도 하였다.

코로나19를 지나오는 5년간 50회 이상의 방송을 통해 코로나19에 적절하게 대응하지 못하는 정치인들에 대한 쓴소리나, 우크라이나 전쟁 반대의 메시지와 반전 음악으로만 플레이리스트를 구성하는 등 무고한 피해를 본 사람들에 대한 위로와 오로지 정치적인 목적 달성을 위해 맹목적으로 내달리는 권력을 가진 이들을 우려하는 메시지를 계속 던져왔다.

음악은 그의 인생에 매우 큰 비중을 차지해 왔고 음악의 도움을 받아 성장했으며 작가 생활 전반적으로 많은 영감을 받았다. 무라카미 라디오 방송이 코로나19를 지나오면서 청취자들로부터 '기분이 한결 나아졌다.' '구원을 받은 기분이다.' '엄청난 위로를 받았다'라는 등의 피드백을 받으며 자신 역시 기분이 좋아지고 구원받는 듯한 느낌도 들었다고 얘기하였다. 기분이 편안해진다고 해서 외부의 복잡한 사회적인 상황까지 나아진다는 것은 아니겠지만, 그는 적어도 음악이라는 것이 사람들을 치유하고 용기를 준다고 믿고 있다.

선언적인 그럴싸한 말로 메시지를 발표하고, 사람들을 격려하는 시늉만 하는 것으로는 사람들의 마음을 움직이기에는 한계가 있다. 음악은 그런 논리를 초월하여 존재한다. 그것은 사람과 사람 사이의 공감이 바탕이 되는 것으로, 그 힘은 마치 공명하듯 우리에게 울림을 전달한다.

하루키는 소설도 마찬가지라고 이야기한다. 논리적으로 설명이 되어도 마음에 와닿지 않으면 소용이 없다. 논리적인 말보다는 이야기라는 것이 지니는 원초적인 힘이 시간이 조금은 걸릴지 몰라도, 사람들의 공감을 불러일으키게 되어있다고 굳게 믿고 있다. 음악과 소설은 원칙적으로 같은 영향을 준다고 믿고 있는 하루키에게서 유연한 사고와 공감의 힘을 배운다.

낯설고 새롭고 피곤함 속에서
발견하는 즐거움과 깨달음.

여행

이제 막 자유로운 해외여행이 가능해졌던 1989년, 한국 독자들에게 하루키의 1987년 작품인 『노르웨이의 숲』이 『상실의 시대』라는 제목으로 소개되었다. 함부르크 공항에 착륙하는 보잉 747기에 앉아 기내에서 흘러나오는 비틀스(The Beatles)의 〈Norwegian Wood〉를 듣고 회상에 젖는 주인공과 안부를 묻는 승무원과의 대화로 시작되는 소설의 첫 장면은 국내 독자들에게 해외여행에 대한 낯선 동경심을 가지게 만들기 충분했다. 1964년 해외여행이 자유화된 일본에 비해 20여 년 늦어진 한국 독자들에게 이 소설은 그전에 보지 못한 감각적인 표현으로 사랑과 섹스, 죽음에 대해 밀도 있게 표현하는 파격적이면서도 위로와 치유의 감정을 동시에 느낄 수 있는 시대를 앞서간 소설로 각인되었다.

대학 시절 전공투 운동으로 학교생활을 제대로 할 수 없었던 대학생 하루키는 툭하면 배낭을 싸서 일본 전국을 돌아다녔다. 구마모토까지 배낭여행을 하기도 했고, 노숙도 즐겼다. 당시 정수장(淨水場)만 있고 아무것도 없던, 신주쿠역의 서쪽에서 텐트를 치고 노숙도 종종 했다. 학창 시절 그가 읽었던 수많은 책 중에는 스탠리의 『암흑의 아프리카』나 헤딘의 『티베트 탐험기』와 같은 여행기도 있었다. 여행기의 매력에 빠져, 다음 장에 어떤 이야기가 펼쳐질지 궁금해 견딜 수 없을 정도로 좋아했다. 가출이라는 일탈을 해본 적 없는 하루키는 성인이 되어 누릴 수 있는 해방감과 자유로운 감각을 일상을 벗어나 새로운 곳으로 떠나는 여행을 통해 채웠다. 작가로 데뷔하고 수없이 몰려드는 원고 의뢰 중에는 여행

관련된 것도 많았기에 시간이 허락하는 한 취재에 응하며 여행 겸 글을 쓰는 생활을 시작하게 되었다.

전업 작가로의 결심을 굳히고 2편의 장편을 더 발표한 1986년 여러 복잡한 이유로 잠시 일본을 떠나 유럽으로 가게 되는데, 이 시기의 여행을『먼 북소리』와 『우천염천』으로 펴냈다. 그 이후 유럽 체류를 마치고 다시 미국으로 가기 전인 1990년부터 1999년까지의 각종 취재에 응한 글을 모은『변경 근경』이라는 제목의 여행 에세이를 출간하였다. 1991년 미국을 시작으로 멕시코, 노몬한 등을 거쳐 일본으로 돌아왔는데, 하루키는 여행이란 새로운 곳을 경험해 본다는 의미에서 소설을 쓰는 행위 그 자체라고 생각했다. 여행은 소설을 쓰는 작업의 변주와도 같고, 여행자의 의식의 본질적인 변화를 유도하는 것으로 생각했다. 또한 여행기를 읽는 독자도 여행자의 의식 변화를 함께 느낄 수 있게 해야 한다는 작가적인 사명감을 가지고 여행을 떠났다.

2004년 여행 잡지『페이퍼스카이』와의 인터뷰에서 도쿄 외에 가장 좋아하는 도시를 묻는 말에, 중고 재즈 레코드를 수집하기 위해 가장 편리하고 사무엘 애덤스 맥주를 어디서나 마실 수 있는 보스턴, 훌륭한 중고 레코드숍이 많은 스톡홀름, 괜찮은 중고 레코드숍은 없지만 음식과 와인이 매우 맛있고 수족관과 동물원이 독특하면서도 훌륭했던 시드니를 선택했다. 그리고 최근에는 다른 단행본에 실리지 않은 1990년 중반 미국 체류 시절부터 그리스 체류 시절 살았던 곳을 다시 방문하고, 지진 이후 찾아간 구마모토 등 최근의 여행기를 모아 『라오스에 대체 뭐가 있는데요』라는 유쾌한 제목의 여행기도 출간하였다.

많은 여행지 중 순전히 하루키 자신의 떠나고 싶다는 의지로 시작된 여행은『변경 근경』의 마지막에 실린 고베 도보 여행이다. 1990년부터 1997년까지 작가들의 성지인 미국 이스트 햄프턴 여행기부터, 멕시코, 『태엽 감는 새 연대기』의 배경지 노몬한, 하루키의 고향인 고베까지 다양한 여행지에서 겪은 감상을 담은 『변경 근경』의 모든 여행기는 패션 잡지나 여행 잡지 심지어 신용카드 회사의 사보 글 등의 청탁을 받고 쓰였다. 하지만 1997년 5월 고베 도보 여행만큼은 하루키 자신이 직접 가보고 싶다는 마음에서 시작되었다. 1995년 고향에서 발생한 일본 최악의 지진 중 하나인 '한신 · 아와지 대지진'의 상흔을 직접 보기 위해 한신 아시야카와역부터 고베 산노미야역에 이르는 15km를 걸으며 어린 시절의 추억들이 불가항력적인 재해로 인해 상처받은 모습을 마주하였다. 추억이 상실된 비현실적인 상황이 지금 이 길을 걷는 하루키 자신에게 어떤 의미인지, 2년 전 일어난 도쿄 사린 테러의 어두운 그림자와 대지진의 상흔과는 어떤 의미가 있을지, 자신도 알지 못한 채 옆을 스쳐 지나가는 상처 하나 없이 반듯한 벤츠를 보며 괴리감을 느끼며 사색과 상념에 잠겼다.

하루키의 고베 도보 여행 루트를 직접 밟아보기 위해 아시야카와역 앞에선 4월의 어느 봄날. 토요일 오전 지하철역에는 야구 경기를 하러 가는 학생들과 친구들과의 약속을 위해 고베로 나가는 사람들로 다소 붐볐다. 하루키가 걸었던 루트를 그대로 따라가며 송골송골 솟아나는 땀에 물을 보충하며, 로손 편의점에서 칼로리 메이트와 캔 커피를 마셨다. 산노미야에 도착해서 〈피노키오〉 피자와 맥주를 마시고 영화 〈바람의 노래를 들어라〉의 촬영지인 재즈바 〈하프타임〉에서 보드카 토닉을 마시며 마무리했다. 지진의 상흔에 가슴 아파하던 하루키의 마음을 헤아리고, 그가 소설 속 이야기로 끌어들인 초기작의 배경지를 지나가며 주변이 일순간에 하루키의 소설 세계로 변해버리는 진기한 경험을 한, 의식의 변화를 느끼게 해준 잊을 수 없는 여행이었다.

많은 동굴 속의 어두운 구석을 밝힐 수 있기를.

비현실적인
몽상가

학창 시절부터 책을 통해 다른 세계로의 여행과 모험을 떠나는 것에 대한 흥미와 애정이 남달랐던 하루키는 소설가가 되어 자신이 받았던 그 흥분되는 경험을 전 세계 독자들에게 그대로 되돌려주는 일을 40년 넘게 해오고 있다. 하루키는 소설가 데뷔 후, 대중의 큰 관심과 지지는 얻었지만, 유명세로 인한 시기 어린 비난과 평단으로부터 가혹한 평가를 받기도 했다. 하지만, 집단과 조직에 익숙한 일본인들에게 개인의 중요성을 계속 강조하고, 역사에 관한 관심으로의 확장을 성공적으로 수행하며, 그만의 스타일과 이야기 세계를 구축했다고 평가받는 것이 타당하다고 여겨진다. 이렇게 하루키의 작품을 계속해서 기다리고 그의 메시지에 모두가 관심을 가지는 이유는 단 하나, 이야기이다. 하루키만의 이야기, 그가 하고자 하는 이야기. 하루키는 흥미로운 이야기를 창작해 내기도 하지만, 그것에 그치지 않고 이야기의 본질에 대해 '이야기' 하는 작가다.

하루키의 이야기는 마냥 밝고 웃음을 주는 이야기가 아니다. 자신도 그런 밝기만 한 이야기는 좋아하지 않는다고 하는 그는 항상 현실과 비현실의 구조를 통해, 주인공과 독자를 다른 세계로 보내 탐험하게 만든다. 그 세계는 어둡고 어떤 일이 벌어질지 몰라 두려운 곳이기도 하다. 하루키는 그런 세계를 일부러라도 가려고 한다. 그런 어두운 세계를 경험해 봐야 어두움의 본질을 깨닫고 치유를 받고, 다시 살아갈 힘을 얻는다고 믿는다.

"이야기는 일종의 치유예요. 좋은 이야기를 한다면 치유가 될 거라고 믿어요. 『태엽 감는 새 연대기』는 많은 캐릭터가 이야기하는 다양한 에피소드를 집대성하려는 시도에서 쓰인 소설인데요. 주인공들은 각자의 이야기를 서로에게 들려주면서 서로 치유 받습니다. 소설이 치유의 한 형태라고 믿어요. 당신이 다른 세계의 혹은 다른 지평선의 문을 두드릴 때, 사랑이 당신을 치유할 수 있습니다. 제 생각에는 좋은 이야기를 전할 수 있는 것, 바로 이것이 사랑의 한 표현이라고 믿습니다. 그래서 제가 계속 소설을 쓰는 이유이고요. 그를 통해 저 역시도 치유를 받으려고 노력한답니다."◆

◆일본 간사이타임아웃(西タイムアウト) 인터뷰(1999)

소설을 쓰는 행위를 통해 독자는 물론 자신도 치유를 받는다고 얘기하는 하루키는, 소설을 쓰는 작업이 곧 꿈을 꾸는 것이라고도 얘기한다. 학창 시절 읽었던 수많은 이야기 속 주인공들이 그러했듯, 독자들이 꿈을 꿀 수 있게 해야 한다는 것이다. 꿈을 꾸는 것은 소설가의 몫이고, 더 중요한 것은 독자들과 그 꿈을 공유하는 것이다. 2011년 동일본 대지진이 일어나고 원전 누출 사고가 발생하면서 자연재해와 인재가 동시에 일어난 것에 대해 개탄하면서 세계 유일한 피폭 국가에서 원자력 발전에 의존하여 효율성을 추구하는 정책을 지속해 왔다는 것에 대해 비판의 메시지를 발신하였다. 꿈은 이상적이고 당장은 현실과는 동떨어진다는 평가를 받을 수 있다. 하지만, 하루키는 누군가는 이상적인, 혹은 비현실적인 얘기라고 할지라도 계속 꿈을 꾸겠다고 얘기한다. 하루키는 스스로 탈원전 정책을 주장하는 사람들을 비꼬는 말인 '비현실적 몽상가'이기를 자처한다. 큰 재해를 극복하고 새로운 가치 체계를 정립하기 위해 '비현실적인 몽상가'가 사라져서는 안 된다고 이야기한다.

2011년 카탈루냐에서 '비현실적 몽상가'가 되겠노라고 선언한 하루키는, 2019년 라트 그린 잔 문학상 시상식에서 '동굴 속의 작은 모닥불'이라는 제목의 연설을 통해 소설가로서 자신의 운명과도 같은 이야기를 다시 한번 긴 호흡으로 풀어낸다. 불이 없던 선사시대로 거슬러 올라가, 어두운 밤 속 이야기를 전하는 이야기꾼의 주위에 모여들어 이야기를 통해 두려움을 떨쳐 냈던 시대를 기억하며, 여전히 우리 주변에 존재하는 어두움과 이야기꾼으로서 소설가의 사명에 관해 이야기하였다. 본업인 작가로서 해야 할 역할에 대한 진중한 연설은 그의 진심이 느껴지는 회고록과도 같은 연설이었다.

> "우리 소설가는 동굴 속에 있던 이야기꾼의 후손입니다. 길고 깊은 어둠, 작은 모닥불, 하나의 마음이 되는 여러 사람, 짧은 시간이지만 두려움과 굶주림을 잊을 수 있는, 기본적으로 지금까지도 변하지 않은 것입니다. 물론 고대와 비교하면 지금 세상은 훨씬 더 밝은 곳이 되었습니다. 빛이 닿지 않은 곳이 거의 없어졌다고 생각합니다. 하지만 도시의 밤은 빛으로 인

해 밝아질 수 있지만, '어둠'은 항상 깊이 존재하고 있습니다. 스콧 피츠제럴드는 '영혼의 진짜 어둠은 새벽 3시에 온다.'라고 에세이에 썼습니다. 제가 말하고자 하는 것은 이런 종류의 어둠입니다. 고대와 오늘날에는 이런 어둠을 밝힐 수 있는 작은 모닥불이 항상 필요합니다. 그건 아마도 소설만이 제공할 수 있는 빛일 것입니다. 그 모닥불을 염두에 두고 40년 동안 중단 없이 계속해서 글을 썼습니다. 제 이야기가 전 세계의 많은 곳에서, 많은 동굴 속의 어두운 구석을 밝히는 것에 조금이라도 도움이 되었다면, 또 앞으로도 계속 그 역할을 할 수 있다면 더 이상 기쁜 일이 없을 것입니다."◆

◆ 이탈리아 라트 그린잔 문학상(Lattes Grinzane Awards) 수상 연설(2019)

하루키 본인도 선배 작가로부터 여러 가지 소설을 쓰는 방법에 대해 배웠으며, 롤모델이 없었다면 무엇이라도 쓰기가 쉽지는 않았을 것이라고 이야기한다. 그런 의미에서 본인의 작업을 이어받는 사람이 많지는 않겠지만 조금은 있어 주지 않을까 하는 생각이 있고, 이런 방식의 계승을 굉장히 중요한 것으로 생각한다고 고백한다. 자녀가 없는 하루키는 개인이 아닌 공용 계승의 형태를 고민했고 그 결과 〈무라카미 라이브러리〉를 통해 일부 실현되었다. 이런 계승을 통해 '비현실적 몽상가'로서의 소설가, 이야기꾼들이 계속 그 역할을 해줄 것을 강하게 바라고 있다.

또한 하루키는 소설을 통해 소셜 미디어로 대표되는 분산된 아이디어나 개념을 직접적이고 강하게 확산시키는 무서운 힘을 제어시키고 싶었다고 이야기하며 소셜 미디어의 짧은 문장은 빠른 확산의 무기로 정쟁의 도구가 되는 등 상대 진영을 공격하는 용도로 쓰이고 있음을 지적한다. 하지만 긴 문장은 오래 두고 읽어야 한다. 처음 읽었을 때, 이해가 되지 않더라도 다시 읽고 잠시 내려두었다가 곱씹으면 작가가 말하고자 하는 의미를 알 수 있게 된다. 하루키는 자극적으로 선동하지 않는 긴 문장. 독자가 서서히 그리고 완전히 받아들이게 만드는 선한 문장의 힘을 믿고 있다.

하루키는 『도시와 그 불확실한 벽』의 작가 후기에서 보르헤스의 말을 빌려, 한 작가가 일생에 진지하게 쓸 수 있는 이야기는 기본적으로 제한적이라고 언급하였다. 그 제한된 수의 모티브를 가지고 형태를 바꾸어 나갈 뿐, 이야기꾼 하루키가 하고자 하는 말도 결국엔 한 가지 혹은 두 가지 정도가 아닐까. 그것이 무엇일지에 대해서는 독자 각각이 받아들이기 나름일 테지만, 그의 글을 읽고 용기를 얻고 치유 받는 한 명 한 명의 독자가 다시 자신만의 '긴 이야기'를 하는 이야기꾼의 역할을 이어가는 것만으로도 충분할 것이다.

자신을 알기 위해선
자신을 먼저 들여다봐야 한다.

드라이브 마이 카

『색채가 없는 다자키 쓰쿠루와 그가 순례를 떠난 해』를 쓰고 잠시 숨을 돌렸던 2013년 겨울부터 2014년에 걸쳐 쓴 단편들을 모은 연작집(連作集) 『여자 없는 남자들』은 헤밍웨이의 두 번째 단편집의 제목을 그대로 가져와 제목 그대로 여자가 없는 남자가 주인공인 이야기들이 진행된다. 구체적으로 실재하는 여자라기보다는, '자신에게 꼭 필요한 것'이 결여된, 소멸하고 고독한 상태를 떠안게 된 표상을 그렸다고 한다.

하루키는 60대 중반이었던 자신의 나이에 좀 더 가까운 주인공들을 그려 보고 싶었다. 자신에게 꼭 필요한 것이 결여된 상태의 외로움은 진정한 '고독'에 가까운 것이라는 것을 직접 체감하고 그에 대한 감상을 이야기로 풀었다. 손을 뻗어 만지고 싶지만, 이제 더는 내 마음대로 되지 않은 그런 의식에 대해 그리고 싶었다. 동일본 대지진 이후 첫 단편집으로 일종의 무력감이 영향을 끼쳤을지도 모르겠다. 하루키 본인은 일종의 '컨셉 앨범' 같은 단편집이라고도 표현한다.

하루키의 작품이 영화화된 것은 데뷔 장편 『바람의 노래를 들어라』를 시작으로 총 12개의 작품이 있다. 「토니 타키타니」, 「빵가게 습격」, 「하나레이 베이」, 「버닝」 등 대부분 단편소설이 영화화되었고, 장편 소설은 『노르웨이의 숲』까지 두 편이다. 『해변의 카프카』와 『태엽 감는 새 연대기』는 연극 무대에 오르기도 했다. 이 중 흥행과 비평 측면으로 모두 성공한 영화로 『여자 없는 남자들』에 수록된 동명의 영화 〈드라이브 마이 카〉를 들 수 있다. 칸 영화제 각본상과 미국 아카데미 국제 장편 영화상을 받은 〈드라이브 마이 카〉는 일본 영화계의 다음 세대를 이끌어 갈 재능으로 인정받고 있는 하마구치 류스케 감독이 연출했다. 하마구치 감독은 20대 시절 하루키의 작품을 많이 읽었고 특히 『태엽 감는 새 연대기』를 좋아하여 하루키의 작품 속에 녹아든 인간의 내면 고독과 상실 그리고 회복에 대한 테마가 이야기로서 다가왔다고 한다. 〈드라이브 마이 카〉는 『여자 없는 남자들』 속의 3개의 단편 「드라이브 마이 카」, 「기노」, 「셰에라자드」를 적절하게 어루만져 긴 호흡의 세계로 확장한 영화다. 러닝 타임은 무려 3시간.

TV 스타였지만 이제는 연극계에서 활동을 이어가는 주인공 가후쿠와 전속 드라이버 미사키, 그리고 가후쿠가 연출하는 히로시마의 연극 단원들이 만들어가는 과거의 상처에 대한 반성을 바탕으로 한 치유와 화합의 이야기이다. 자신을 제대로 정직하게 들여다봐야, 진정한 구원을 받을 수 있다는 메시지를 던지며 연극 단원들 각자가 가진 상처와 잘못을 고백과 용서를 비는 일로 치유와 구원을 받게 된다. 영화는 이를 일본이라는 나라에 대입하기도 한다. 폭력을 행사하고 자기 잘못을 깨끗이 인정하는 주인공이 말하는 '자신을 알기 위해선 자신을 먼저 들여다봐야 한다'라는 메시지를 뒤로 하고 히로시마 원폭 돔을 비추며, 그렇지 못한 일본 정부의 비겁함을 꼬집는다.

하루키는 원작의 대사를 그대로 가져와 쓰지 않고 연출자만의 감성을 담아 보다 자유롭게 바꾸는 편이 오히려 기쁘다고 하는데, 자신이 쓴 주인공의 대사가 그대로 스크린을 통해 전해지면 다소 불편한 느낌이 든다고 한다. 〈드라이브 마이 카〉는 그런 면에서 연출자의 새로운 시각이 적절하게 들어간 잘 만들어진 영화라 평가하며 소설과는 전혀 다른 이야기가 되어 불편함이 없었다고 한다.

〈노르웨이의 숲〉을 연출한 트란 안 홍 감독은 영화화의 허락을 받기 위해 4년을 기다렸는데, 그만큼 하루키 자신도 장편이 영화화되는 것이 썩 내키지 않았던 것 같다. 장편보다 단편의 이야기가 더 풍성한 이야기로 확장될 가능성이 크다는 것을 알고 있었던 것이 아닐까. 독자와 관객 각자의 평가가 다르겠지만, 영화 〈노르웨이의 숲〉은 〈드라이브 마이 카〉와 같이 이야기가 확장되고 변주하는 느낌이 없는 것이 사실이다. 오히려 소설만이 가지는 강점인 상상력을 제한했다는 느낌도 든다.

「헛간을 태우다」를 영화 〈버닝〉으로 재탄생시킨 이창동 감독은 하루키의 작품은 확장성이 무궁무진하다고 말한다. 〈드라이브 마이 카〉도 원작의 이야기만 봤을 때는, 너무나 열려있는 결말이고 주인공들이 어떻게 되었을까에 대한 독자들의 유추도 쉽지 않은 게 사실인데, 하루키는 이 부분에 대해서 본인의 본업은 소설가, 즉 이야기꾼이기 때문에 이야기를 풀어낼 뿐이고 어떤 메시지를 심는다던가 의도를 갖고 이야기를 써 내려가지 않는다고 얘기한다. 그래서 하루키의 소설만을 읽고 보면 너무나 다양하게 해석할 수 있기에 어떤 구체적인 메시지를 얻기가 여간 힘든 게 아니다. 독자 각자가 받아들여지는 대로 해석하게 그대로 둔다는 느낌이 강하다.

하루키는 소설은 소설로 두고 싶은 생각이 강한 것 같다. 그런 소설가로서 비평의 대상에 대해 직접적으로 말하지 못하는 조심성과 수줍음을 하마구치 류스케 감독이 다양한 대사와 상황, 장면들로 한 단계 승화시켰다고 볼 수 있다. 소설을 통해 역사적인 사건을 대입하고 문학상 수상 연설을 통해 일본 정부 정책에 대한 비판의 메시지를 발신하는 것을 접한 독자들은, 일본이 주변국에 자행한 폭력을 있는 그대로 보지 않으려는 것에 대한 부작용을 텍스트가 아닌 한 단계 승화된 영화의 한 장면을 통해 더 실감 나게 깨닫게 된다. 의도했던 그렇지 않았던 두 일본의 소설가와 영화감독이 함께 어우러져 지금의 일본 국민과 주변국의 국민에게 과거의 폭력에 대한 반성과 용서를 바탕으로 한 치유와 화합이라는 큰 메시지가 담긴 이야기를 만든 것이다. 이런 메시지가 담긴 영화를 흥미롭게 관람하고 높게 평가한 하루키가 하마구치 감독의 메시지에 동의했다고 해석하는 것이 무리는 아닐 것이다.

두 번째 서랍,

영감

일상을 관찰하며

채워진

서랍 속,

롤플레잉 게임처럼

자유롭게

진행되는 이야기.

자, 어디 이번엔 어떤 이야기가 떠오르려나?

스파게티

단순히 상상일 뿐이지만, 어떤 이유로 하루키의 소설을 한 문장으로 응축해야 할 일이 생긴다면 단연 이 문장을 선택하게 되지 않을까.

"부엌에서 스파게티를 삶고 있을 때 전화가 왔다."

1994년 발표된 8번째 장편 소설 『태엽 감는 새 연대기』의 첫 문장으로, 소위 말하는 종합 소설의 첫 포문을 연 작품이다. 주인공 '나'는 직장을 그만둔 어느 무료한 오후, 로시니의 〈도둑 까치〉 서곡을 들으며 스파게티를 만들고 있다. 면이 다 삶아지기 직전 걸려 온 전화를 받고 그의 일상은 알 수 없는 소용돌이로 빠져들고 만다. 하루키 월드의 많은 주인공이 그렇듯이.

데뷔 초에 쓴 단편 「스파게티의 해에」 서는 1971년을 '스파게티의 해'라고 규정한 뒤, 살기 위해 혼자서 스파게티를 삶는 날들을 묘사한다. 이때 하루키의 나이는 22세로 아내와 결혼한 해이다. 그로부터 3년 뒤 재즈바 〈피터캣〉을 오픈할 당시 초기 자본을 처가의 지원과 대출로 충당한 점을 보면 대학생의 신분으로 결혼하면서 결혼 생활의 시작이 넉넉하진 않았던 것으로 보인다. 저렴한 월세를 찾아 고쿠분지의 국영과 시영 2개 열차 노선이 만났다가 멀어지는 '홀 케이크를 12등분 한 치즈케이크 모양의 삼각지대'에 있던 당시의 첫 신혼집은 단편 「치즈케이크 모양을 한 가난」에 그대로 등장한다. 하루키는 그 당시 비교적 간단한 재료들로 저렴하게 해 먹을 수 있는 스파게티를 자주 해 먹었던 것으로 보인다. 생계를 위해, 그리고 재즈바 준비를 하면서 더욱 바빠진 상황 속에서 혼자 해 먹는 상황도 많았던 그에게 스파게티는 외로움과 고독의 음식이 되었던 것이 아닐까. 단편 〈스파게티의 해에〉는 이렇게 끝을 맺는다.

> "이탈리아 평야에서 자란 황금색 보리. 1971년 자신들이 수출했던 물건이 '고독'이었다는 것을 알았다면, 이탈리아 사람들은 아마 놀라 입이 딱 벌어졌을 것이다."

소설 속에서 스파게티 요리법이 구체적으로 처음 묘사된 작품은 세 번째 장편 『양을 쫓는 모험』이다. 주인공 '나'는 양을 찾아간 홋카이도의 별장에서 양사나이를 만나고 그가 떠난 뒤 별장을 청소하고 왁스 칠을 한 후 스파게티를 만든다. 대구알과 버터를 듬뿍 넣고 백포도주와 간장으로 맛을 낸 군침이 도는 레시피다. 이후 많은 작품 속 주인공들이 경연을 벌이듯 다양한 스파게티를 만들게 된다. 데뷔 초 완성하지 못했던 작품의 이야기를 확장하여 다시 발표한 최근작 『도시와 그 불확실한 벽』에서도 어김없이 스파게티 요리가 등장하면서, 독자들에게 팬 서비스를 한다. 주인공 '나'는 호감을 느끼던 바깥 세계의 카페 여주인에게 저녁 식사 제안을 하며 스파게티를 내놓는다. 새우 허브샐러드가 곁들여진 오징어와 버섯을 넣은 스파게티에 차가운 샤블리 와인을 곁들인다.

하루키는 스스로 스파게티를 굉장히 좋아한다고 얘기해 왔다. 1986년 가을부터 시작되는 이탈리아 체류 시절에는 냉장고에 있는 재료를 모아다가 매일 스파게티를 해 먹기도 했다. 하루키 작품 속 주인공들이 국적을 초월한 도시를 살아가는 주인공들이기 때문에, 우동이나 모밀을 먹기보단 스파게티를 먹는다고 묘사하는 것이 자연스러울 것이고 실제로 그런 의도도 있을 테지만, 무엇보다 하루키 스스로 스파게티를 좋아하고 자주 해 먹은 것으로 보인다.

2005년 「스파게티의 해에」가 뉴요커에 게재되었는데, 이를 기념해 하버드 학생들과 스파게티와 외로움, 작가라는 직업의 고됨에 대해 인터뷰하였다. 스파게티를 하는 것과 샌드위치를 만드는 행위를 비교하며, 혼자 샌드위치를 만드는 건 그다지 외롭다는 생각이 들지 않지만, 스파게티는 좀 다르다고 말하며 '작가라는 직업은 외로움을 견디며 글을 써야 하고, 작가 내부의 다양한 목소리를 외부로부터 견고하게 지킴으로서 계속될 수 있었다'라고도 이야기하였다. 어떠한 외부 영향에도 굴하지 않고 작가 내부의 목소리를 그대로 독자에게 전달하고자 하는 그의 작가로서 자세를 엿볼 수 있다.

하루키가 스파게티를 만드는 것은 글을 쓰는 것 그 자체라고 할 수 있다. 「스파게티 공장의 비밀」에서는 본인의 서재를 스파게티 공장이라고 명명하는데, 초기작에 등장하는 양사나이와 예쁜 쌍둥이 소녀인 208과 209가 공장의 베테랑 직원들이다. 하루키가 새벽 러닝을 하고 와서 커피를 내리고 매킨토시의 전원을 누르며 스파게티 공장이 가동되기 시작하는데, 공작 직원들은 맥주를 가져다주거나, 연필을 깎아 두는 등 일을 분담하며 공장이 잘 돌아가게끔 하루키를 조력하고 응원하며 그렇게 환상적인 이야기가 탄생한다. 하루키는 흐뭇하게 서재에 앉아 이 장면을 상상하며 이렇게 표현했다.

"봄의 햇살이 그들 머리 위로 쏟아지고 있다.
뭐랄까, 멋진 풍경이다."

작품 속 주인공들이 스파게티를 만들 때마다 전화가 오거나, 누가 찾아오는 등의 일이 항상 발생하면서 이야기가 진행되는 것처럼, 하루키 본인에게도 스파게티를 삶은 행위가 바로 이야기의 아이디어를 얻는 일종의 작가적 주술적인 행동일지도 모르겠다. 오늘도 하루키는 역술가가 쌀알을 흩뿌리듯이 끓는 물에 스파게티 면을 좌라락 펼쳐 넣으며 '자 어디 이번엔 어떤 이야기가 떠오르려나' 할 것만 같다.

이를 능가할 만큼 맛있는 것을
달리 생각해 낼 수 없다.

맥주

하루키가 소설가라는 직업에 대해 담백하고 진솔하게, 허무맹랑한 이야기 없이 풀어내려고 노력한 에세이 『직업으로서의 소설가』에는 하루키가 진구 구장에서 야구 경기를 보다가 불현듯 하늘에서 무언가가 내려와 계시를 받은 것처럼 소설을 쓰기로 결심하게 되었다는 일화가 소개된다.

소설을 쓰기로 결심한 순간의 벅찬 감정과 잘될 것만 같은 기대감, 흥분, 자신감 등의 감정이 모두 섞인, 어찌 보면 그의 인생에서 최고의 순간이 아니었을까. 최근에 이 정도 대단한 기분에 비교할 수 있는 다른 마법 같은 일은 또 어떤 것이 있냐는 한 인터뷰어의 질문에 하루키는 야구 시즌 개막전에서 하얗고 흠잡을 데 없는 선수들의 유니폼과 접시에 담긴 채 여전히 지글지글하는 굴 튀김, 1950년대 블루 노트 레이블 레코드와 함께 풀 마라톤 완주 후 처음 마시는 맥주를 꼽았다. 하루키는 33살에 담배를 완전히 끊었지만, 맥주를 비롯한 음주는 적정선에서 계속 즐기고 있다. 데뷔작 『바람의 노래를 들어라』에는 맥주와 관련한 유명한 묘사가 등장한다.

> "여름 내내 나하고 쥐는 마치 무엇인가에 씐 것처럼 25m 풀을 가득 채울 정도의 맥주를 퍼마셨고, 제이스 바의 바닥에 5cm는 쌓일 만큼의 땅콩 껍데기를 버렸다. 그때는 그렇게라도 하지 않으면 살아남을 수 없을 정도로 따분한 여름이었다."

이 소설을 영화로 만든 동명의 작품 속 제이스 바의 촬영 장소는 고베 산노미야에 있는 〈하프타임〉이다. 주인아저씨는 소설 속 묘사된 이 장면을 위해 실제로 수없이 많은 땅콩 껍데기를 바닥에 버렸다고 회상한다. 지금도 〈하프타임〉의 카운터 자리 유리병 속에는 그때의 땅콩 껍데기가 담겨 있다. 작가 자신의 20대 초가 투영된 이 소설의 주인공 '나'의 모습은 하루키 자신과 꽤 많이 닮아 있을 것이다.

하루키는 결혼 생활을 시작하며 재즈바를 운영했던 당시의 시절을 매우 가난했다고 고백하는데, 길을 지나다 주운 돈을 주인을 찾아줄 생각보다 빚을 갚는 데 썼다는 에세이의 일화는 유명하다. 어쩔 수 없이 가장 저렴했던 술인 니혼슈(정종)를 벌컥벌컥 마시며 다음날 취기로 고생했다고 고백했던 것으로 보아 자연스레 그 다음으로 대중적인 술인 맥주를 즐겼던 것일까. 당시의 생활로는 와인이나 위스키는 엄두도 못 냈을 터이니 맥주는 자연스레 하루키와 소설 속 평범한 주인공들을 위로하는 술이 되었을 것이다.

하루키의 맥주 사랑은 에세이에서 더욱 잘 드러난다. 『밸런타인데이의 무말랭이』에서는 '햇볕이 쨍쨍 내리쬐는 여름날 오후, 짧은 바지 하나만 입고 로큰롤을 들으며 맥주라도 마시고 있으면 행복하다는 기분이 절로 든다'라고 문장이 있다. '소확행'의 창시자지만, 이 문장만 보면 여유시간이 그다지 없는 평일을 보내는 직장인에게는 '대확행'의 추구 아닌가 생각된다. 「장거리 주자의 맥주」에서는 마라톤을 완주한 뒤 마시는 맥주 한 잔을 묘사한 부분이 있다.

"42km를 완주한 뒤에 꿀꺽꿀꺽 단숨에 마시는 맥주의 맛은 최고의 행복이라고 표현해야 할 것으로, 이를 능가할 만큼 맛있는 것을 나는 달리 생각해 낼 수 없다."

이런 문장들을 읽으면 당장 냉장고 문을 열거나, 편의점으로 달려가게 만드는 것은 부인할 수 없는 사실이다. 하루키는 물론 독자들에게 맥주란 초기 소설 주인공이 여자 친구에게 툭하면 던지는 레종데트르(Raison d'etre)◆가 아닐까.

◆ 모든 존재 또는 진리에는 충분한 이유가 있어야 한다는 철학 사유 법칙의 하나.

하루키는 소설 속에서 맥주를 이용하여 독자들의 작은 물리적인 즉각적인 반응을 시작으로, 더욱 큰 메시지에 이르기까지 독자의 마음을 움직이고 싶다는 의지를 표현한다. 19년 브라질 언론◆과의 인터뷰에서 '어떤 소재에 대해 자극적이고 세세한 묘사를 하는 이유는, 독자들의 즉각적이고 실감 나는 반응을 유도하기 위해서'라고 했다.

◆ 브라질 엘파이스(El Pais brasil)(2019)

"저는 신체적인 반응을 일으키는 것을 좋아해요. 맥주를 마시는 주인공에 대해 쓰면 독자들도 맥주를 마시게 만들고 싶어요. 지금까지 인류 역사를 있게 한 무엇보다 정확하고 억제할 수 없는 신체적인 반응의 힘을 믿습니다. 이런 관점을 제 소설에도 투영하고 싶어요. 주인공이 아프면 독자들도 똑같이 아픔을 느꼈으면 해요. 이것이 제 소설의 하나의 목표라고 할 수 있어요."

소설 속에 자주 등장하는 맥주로는 하이네켄과 삿포로가 있는데 모두 별 모양의 로고가 특징인 브랜드이다. 하이네켄은 맥주가 처음 만들어지던 시기에 계속되는 실패를 극복하고자 악마의 저주로부터 맥주의 맛을 지키기 위해 별 모양의 헥사그램 로고를 그려 넣었다. 삿포로는 홋카이도를 주거지로 개발하던 시기에 북쪽에 떠 있는 북극성을 보며 나아가던 개척정신을 별 모양에 담았다. 외부의 불완전한 기운으로부터 작가적 내면세계를 지키고, 끊임없이 본인의 내부로 집요하게 침투하며 탐구하는 하루키 자신과 그의 소설을 닮았다.

하루키가 말하는 소확행, 아니 대확행을 느끼기 위해 하이네켄이나 삿포로 맥주를 추천한다. 꼭 어딘가 마실 가게를 찾아가지 않아도, 열심히 살아낸 하루를 위로하며 집에서 한 잔 정도면 충분하다. 하루키 소설 속 맥주를 마시는 장면이야말로 숨 막히게 고독한 도시 속 각자의 상실감을 지닌 채 계속 살아야만 하는 평범한 주인공들과 독자들에게 건네는 수줍지만, 따뜻한 작가적 세리머니이지 않을까.

음악으로부터 배운 가장 중요한 것.

Pit Inn

15살 생일날 부모님과 Art Blakey's Jazz Messengers의 첫 고베 콘서트에 갔던 하루키는, 재즈가 뭔지는 잘 몰랐지만, 그들의 연주를 직접 보고 열정적인 재즈 마니아가 되었다. 아트 블래키를 필두로 트롬본에 커티스 풀러, 트럼펫 프레디 허바드, 색소폰에 웨인 쇼터, 피아노에 시더 월턴으로 구성된 팀은 일본 팬들의 환대 속에 1961년 일본에서 첫 공연을 시작으로 고베와 교토에서도 환상적인 연주를 선보였다. 하루키는 이날 진구 구장에서 소설을 쓰기로 결심했던 사건만큼이나 큰 임팩트를 받았고, 그의 삶은 그 후 재즈와 뗄래야 뗄 수 없는 삶이 되었다.

하루키의 10대 시절, 부모의 가르침이 이 세상의 전부가 아니라는 것을 서서히 알아갈 무렵인 1960년대는 미국 문화의 최전성기였다. 그 10년 동안 미국 문화는 재즈, 록, 팝, 문학 모든 분야에서 전성기를 맞이하며 모든 것이 흥미로웠고 살아있었다. 1962년 비치 보이스의 데뷔를 필두로 2년 뒤 비틀스(The Beatles)의 미국 상륙까지, 하루키는 그런 역동적인 미국 문화 속 음악과 TV쇼, 자동차, 옷 등 거의 모든 것들에 영향을 받았다. 당시 미국 문화는 눈부시고, 반짝반짝했으며 환상적인 모습으로 다가왔고, 대부분의 13살, 14살이 그렇듯 하루키에게도 환상의 세계 그 자체였다. 일본 문학 평론가들은 싫어할 얘기일 수 있지만, 하루키는 당시 미국 문화에 영향을 받아 작가로 데뷔할 수 있었다고 고백하기도 했다. 하지만 단순히 모방한 것이 아니라, 첫 소설의 시작을 영어로 먼저 쓰고 그것을 일본어로 번역하는 방식으로 하루키만의 스타일을 구축해 갔다.

하루키는 중학교 시절부터 미국 팝 음악과 재즈를 들으며 음악에 대한 소견도 꽤 있었고 피아노를 치기도 했었기에 음악에 대한 기본적인 감각이 있었다. 음악의 멜로디를 알고, 재즈의 즉흥적인 부분을 잘 캐치했고 그래서 글을 쓸 때도 음악을 들었을 때의 리듬감을 기억하면서, 테이블에 손을 올려 건반 치는 제스처를 하며 한 문장 한 문장 써 내려갔다. 하루키는 문장 역시 리듬을 가지고 있어야 한다고 생각했다. 글을 쓸 때도 음악에서 중요하게 생각한 세 가지 리듬, 하모니, 즉흥연주를 모두 따르려고 하였고, 이 중 특히 즉흥연주의 자유로운 감성이 뛰어난 재즈가 하루키가 글을 쓰는 방식을 만들어가는 데 있어서 큰 도움을 주었다. 하루키는 자신의 문장이 재즈의 전형적인 즉흥연주에서 강한 영감을 얻었을 가능성이 크다고 고백하기도 했다. 재즈는 일단은 정해진 테마에서 시작하지만, 연주자의 영감에 따라 무한하게 변주하는데, 하루키의 소설의 이야기 진행 방식도 이와 동일하다.

> "저는 어린 시절부터 재즈 음악을 들어서 글을 쓸 때도 '똑같은 즐거움을 느끼고 싶다'라는 강한 욕구가 있습니다. 이것이 제가 음악으로부터 배운 가장 중요한 것입니다."*

* 이탈리아 라트 그린잔 문학상(Lattes Grinzane Awards) 수상 연설(2019)

JR 신주쿠역의 서쪽 출구에서 도보로 약 10분, 도쿄메트로 신주쿠산초메역 C8 출구에서 가까운 재즈바 〈Pit Inn〉은 하루키가 대학 진학을 위해 도쿄에 와서 처음 방문한 재즈바다. 하루키는 당시의 도쿄는 완전한 혼란 속에 모든 것이 자극으로 가득했고, 마치 장난감 상자를 뒤집어 쏟아 놓은 것 같은 흥분으로 가득했다고 회상한다. 와세다 재학 중 결혼하고 재즈바를 오픈한 1974년 크리스마스이브를 하루 앞둔 23일 저녁, 〈Pit Inn〉에서는 1964년 그에게 재즈라는 음악을 알려준 Art Blakey's Jazz Messengers의 멤버였던 피아니스트 시더 월턴 트리오의 공연이 있었다. 하루키는 재즈바 오픈으로 정신없는 하루하루를 보내던 와중에 시더 월턴의 공연을 보기 위해 〈Pit Inn〉으로 향했다. 『의미가 없다면 스윙은 없다』 에세이에서 하루키는 가장 먼저 등장하는 시더 월턴에 대해 화려한 연주를 하며 스포트라이트를 받지만 않지만, 묵묵히 자신의 연주를 해나가며 나설 때는 나설 줄 아는 이 세상의 저울추 같은 능력 있는 피아니스트라고 칭했다.

이날의 연주는 놀랍게도 녹음이 되어 음반으로도 발매되었고, 스트리밍 서비스를 통해 들을 수 있다. 리더이자 피아노에 시더 월턴, 베이스의 샘 존스, 드럼의 빌리 히긴스의 멤버 구성이었는데, 공연은 시종일관 화기애애하고 편안한 분위기로 진행되었고, 간간이 들려오는 관객들의 절제된 환호가 더욱 매력적인 공연이다. 당시의 연주를 들으며 1974년 도쿄에서 하루키가 듣고 느꼈던 공연 속 땀과 공기에 취해, 마치 그가 내뿜는 자욱한 담배 연기처럼 아직 모든 것이 불확실했던 도쿄의 겨울밤을 담배 연기와 함께 부유하는 25살 청년의 영혼을 위로해 본다. 〈Pit Inn〉은 지금도 오래된 단골들과 여행객들로 붐빈다. 1974년 2,500엔이던 한 타임 입장료는 4,400엔으로 올랐고, 한 잔의 드링크가 포함된 금액으로 여전히 꿈으로 가득 찬 도쿄의 열기를 느낄 수 있다.

하루키는 글을 써야 할 필요가 없거나 어떠한 이유로 더는 할 수 없다면, 다시 재즈바를 열어 카운터에서 싱글 몰트 한 잔을 들고 좋아하는 음악을 들으며 조용한 밤을 보내고 싶다고 고백했다. 이미 가게 이름과 메뉴까지 정해둔 그는 전속 피아니스트를 고용하여 꼭 해보고 싶은 말이 있다고 한다.

"그 곡은 연주하지 말라고 하지 않았는가, 샘."

현실적이면서도 동시에
너무나 비현실적인 세계.

프란츠
카프카

2014년 네덜란드 주간지 NRC의 인터뷰어는 하와이 대학 마노이 캠퍼스 무어홀 하루키의 연구실에서 프란츠 카프카 액자를 발견한다. 하와이 대학에 객원 교수로 체류했던 시기에 사용한 사무실에 자신의 작품들과 해외 번역본들이 진열된 책장 위에 그의 문학 영웅의 액자를 걸어둔 것이다. 카프카 소년이 도쿄를 떠나 시코쿠로 가기 위해 배낭을 꾸릴 때 빠뜨리지 않고 넣었던 라디오헤드의 〈KID A〉 앨범과 같이 소중했던 것이 아니었을까.

하루키는 일본 언론보다 비교적 관대한 해외 언론과의 인터뷰를 통하여 작가로서 영향을 받은 작가들을 언급해 왔다. 도스토옙스키, 스콧 피츠제럴드, 프란츠 카프카, 어니스트 헤밍웨이, 레이먼드 챈들러, 찰스 디킨스, 발자크 등이 반복해서 언급되는데, 이 중 단 한 명을 꼽으라면 유대계 체코 작가 프란츠 카프카이다. 하루키가 카프카의 작품을 처음 읽은 것은 15살 중학생 때 읽은 『성』이었다.

> "15살 때 카프카의 작품을 접했는데 첫 책이 『성』이었어요. 정말 믿을 수 없을 정도로 엄청난 책이었고, 저에게 엄청난 충격을 주었어요. 카프카가 묘사한 세계는 너무나 현실적이면서도 동시에 너무나 비현실적이어서 마치 제 마음과 영혼이 두 조각으로 찢긴 것 같았습니다."◆

◆ 프란츠 카프카 문학상(Franz Kafka Prize) 수상 연설(2006)

하루키는 일본 문학 교사였던 부모님으로부터 일종의 심리적 도피를 위해 프란츠 카프카를 시작으로 세계 문학과 에드거 앨런 포, 레이먼드 챈들러의 미국 탐정 문학을 중학교 때부터 탐독했다. 하루키는 기본적으로 책을 좋아하는 소년이었고, 외동아들이어서 혼자가 되었을 때의 고독과 침묵이 전혀 고통스럽지 않았다. 오히려 『마르크스, 엥겔스 전집』이나 『자본론』 같이 난해한 책들도 상관하지 않고 읽었고 이 정도라면 정말 독서에 미쳐있었다고 표현할 수 있을 정도였다.

프란츠 카프카의 대표작 『변신』의 주인공 '잠자'는 잠에서 깨어나 바퀴벌레로 바뀐 자신의 운명을 받아들이고 온갖 종류의 폭력을 감내한 채 사그라들어 간다. 하루키의 작품 속에서도 비슷한 메타포들이 등장한다. 손가락이 네 개인 소녀나, 귀가 잘 들리지 않는 조카, 고양이와 대화하는 지능 장애 노인, 얼굴에 반점이 있는 사내, 마음이 굳어가는 병을 얻은 소녀, 손가락이 여섯 개이고 유방이 네 개인 여자 등 15살의 소년 시절 처음 접한 카프카의 세계를 편견 없이 받아들인 하루키는, 카프카의 세계야말로 자신의 등장인물들이 마음껏 그들의 이야기를 펼칠 수 있는 자유로운 공간이었을 것이다. 어찌 보면 하루키의 문학에서는 이런 일반적이지 않고 주류에 속하지 못하는 사람들이 평범하고 자연스럽게 사는 사회를 그리고 싶었던 것은 아닐까.

"그는 내게 정말 중요한 작가예요. 10대 시절 그의 작품과 세계에 매료되었어요. 조용한 지역, 비이성적, 폭력이 동시에 전개돼요. 이런 혼란스러운 세계는 마치 저의 세계와 같았답니다."◆

◆ 프랑스 르 몽드(Le Monde) 인터뷰(2011)

하루키의 머릿속에는 15살 때 탐독했던 도스토옙스키와 프란츠 카프카의 문학이 깊게 심겨 있다. 특히 부모의 정신적인 폭력 속에서 자란 프란츠 카프카에게서 일본 문학을 읽는 것을 계속 권했던 아버지의 뜻에 반발해 외국 문학과 음악을 접하려고 했던 하루키 자신을 발견했을지도 모르겠다.

"프란츠 카프카나 도스토옙스키 등이 남겨준 몇 가지의 실례가, 저를 지금으로 이끌어 주었습니다. 이런 작품이 없었다면 저는 아마도 무엇을 써야 할지 몰랐을 겁니다."◆

◆ 일본 잡지 다빈치(ダ.ヴィンチ) 이메일 인터뷰(2012)

하루키는 아버지의 핍박을 받으며 작가로의 꿈을 근근이 이어가다 그만 병으로 일찍 세상을 떠난 카프카를 2002년 작품 『해변의 카프카』로 추모하면서 그가 품었던 작가의 꿈과 문학에 대한 열정에 대한 찬사를 담았다. 이 작품으로 6번째 프란츠 카프카 상을 받은 하루키는 수락 연설에서 프란츠 카프카를 좋아하는 작가 중 한 명이라 말하며, 이 책은 프란츠 카프카에 대한 일종의 경의

라고 언급했다. 하루키는 카프카 상 수상을 위해 방문한 프라하에서 카프카가 근무했던 세무서 사무실을 호텔로 만든 객실에서 숙박하고, 카프카의 묘지에도 방문해 추모하기도 했다.

『해변의 카프카』의 15세 다무라 카프카 소년은, 곧 프란츠 카프카가 아닐까. 그는 시코쿠 여정의 끝에서 어머니를 만나 구원을 받고 다시 도쿄로 돌아오며 재생의 힘을 보여준다. 아버지와 주변의 핍박에 작가로서의 꿈을 만개시키지 못하고 이른 나이에 세상을 떠난 프란츠 카프카의 영혼을 위로하는 의식으로 읽히기도 한다. 하루키가 프란츠 카프카 상 수상 연설에서 마지막으로 언급한, 카프카가 1904년 친구에게 보낸 편지 중 한마디를 계속 되뇌게 한다.

"책은 우리 내부의 얼어붙은 바다를 부수는 도끼여야 한다."

이 말을 하고 수상식에 참석한 모두의 박수갈채를 받은 하루키는 카프카를 대신하여 그가 편지에 적은 이 문장을 전 세계 독자들에게 증명해 보이기 위해 오늘도 이른 새벽 책상에 앉는다. 여전히 그의 머리 위에는 어딘가를 또렷이 바라보고 있는 카프카의 액자가 걸려 있다.

우리를 둘러싼 것들을 연구하는 공간.

무라카미 라이브러리

하루키는 처음부터 소설을 쓰겠다는 생각이나 글을 잘 쓸 수 있겠다고 생각하지 않았다. 와세다 대학에 입학하면서 전공으로 문학부의 영화연극과를 선택한 그는 방대한 영화 시나리오와 연극, 음악 등에 대한 도서들을 열람할 수 있는 교내 츠보우치 연극 박물관을 자주 오갔다. 박물관은 연극, 문학, 교육 등의 선구적 역할을 한 츠보우치 쇼요의 업적을 기려 건립되었는데, 그는 생애의 반이나 되는 시간을 셰익스피어를 집대성한 40권의 전집 번역본을 출간하는 일에 쏟아부었다. 꾸준함과 일관됨의 옷을 입은 집요함과 노력이 하루키와 닮았다.

츠보우치 연극 박물관 옆에 자리했던 건물 4호관은 전공투 운동 당시 저항 운동의 거점으로 학생들이 점거했던 의미 있는 건물이다. 당시의 4호관의 정확한 위치는 현재의 8호관이지만, 명칭이 변경되면서 역사적인 호수의 의미를 갖는 4호관이 지금의 자리에 있게 되었다. 이런 의미가 있는 4호관 자리에 2021년 와세다 국제문학관, 별칭 〈무라카미 라이브러리〉가 오픈했다. 하루키는 2018년 가을 와세다 대학교에서 기자회견을 했는데, 데뷔작 『바람의 노래를 들어라』가 중학교 선배인 오모리 가즈키 감독에 의해 영화화되었던 1981년 기자회견 이후 무려 37년 만의 기자회견으로 매스컴에서 연일 이슈가 되었다. 이날 〈무라카미 라이브러리〉의 오픈 계획 발표와 기자들과 질의응답을 시간을 가지며 상당히 이례적인 풍경이 펼쳐졌다.

"제가 재학시절 츠보우치 박물관을 많이 다녔던 것처럼, 수업을 들어가지 않아도 다른 장소에서 기분 좋은 경험을 할 수 있는 장소가 있다면 매우 흥분되지 않을까요? 소설을 쓰면서 많게는 5번까지 수정하게 되는데, 물론 그런 모든 과정을 남에게 보여주고 싶진 않지만, 연구하는 사람으로서는 재미를 느낄 수도 있다고 생각해요. 나중에는 장학금도 출현하고, 세미나나 콘서트도 열고 싶습니다. 저도 적극적으로 참여할 생각이고, 문학과 문화가 교류하는 장이 되었으면 합니다."◆

◆ 일본 와세다대 국제문학관 설립 기자회견(2018)

그렇게 3년 뒤인 2021년 가을 오픈한 〈무라카미 라이브러리〉는 지하 1층에서 3층까지 총 네 개 층으로 이루어져 있고, 지하 1층은 4호관의 입구와 연결된다. 반지하로 낮게 자리 잡은 지하 1층 아늑한 곳에 카페 〈Orange Cat〉이 자리하고 있다. 음료와 도넛을 비롯한 디저트 그리고 파스타와 계절 채소를 곁들인 라이스가 제공된다. 하루키의 도넛 사랑에 맞게 세 종류의 도넛이 판매되고, 아이스 커피도 각 얼음으로 흡사 위스키처럼 제공된다. 1층에는 하루키의 모든 책과 전 세계에서 번역된 책들이 진열되어 있고, 오디오 룸에는 하루키가 기증한 레코드가 플레이되고 있어 아늑한 소파에 앉아 감상하기 좋다. 2층은 세미나와 라디오 방송을 녹음할 수 있는 공간, 3층은 문학 연구자만을 대상으로 한 공간으로 운영된다. 라이브러리 각 층 곳곳에는 꼭 봐야 하는 소품들도 있는데, 무엇보다 무려 하루키가 운영했던 재즈 카페 〈피터캣〉에서 실제 연주되었던 야마하 그랜드 피아노와 2016년 작고한 니나가와 유키오 감독에 의해 서울을 포함한 세계 여러 나라에서 공연된 연극 『해변의 카프카』에 쓰였던 무대 장치도 볼 수 있다.

하루키는 〈무라카미 라이브러리〉를 모든 사람이 자유롭게 드나들며 우리 모두를 둘러싼 사회와 문학과 예술을 주제로 토론하고 연구하는 공간으로 만들고 싶다는 포부를 밝혔는데, 이후 그의 바람처럼 다양한 낭독회와 음악 프로그램, 작가와의 대화 등이 정기적으로 개최되고 있다. 같은 해 겨울 시작한 도쿄 FM의 라디오 방송도 이곳에서 녹음했다. 이후 인터뷰에서 직접 밝힌 바로는, 물리적인 나이가 들어감에 따라 외부와의 커뮤니케이션과 메시지 발신을 좀 더 하려고 하는 생각이 강해졌다고 한다. 〈무라카미 라이브러리〉의 오픈은 하루키의 오이소 자택에 잠자고 있던 초기 친필 원고와 서적들, 레코드가 외부로 나오며 그 기운을 트기 시작했고, 독자들에게 하루키가 새롭게 다시 태어났다는 실감을 주었다. 하루키 월드가 새로운 국면을 맞이하게 된 중요한 사건인 것이다.

무라카미 라이브러리가 위치한 신주쿠구에는 문학의 기운이 강하게 흐르고 있다. 일본인이 사랑하는 대문호 나쓰메 소세키가 태어난 구이고, 멀지 않은 곳에 그가 세상을 떠나기 전 9년여를 지냈던 부지에 그의 이름을 딴 〈나쓰메 소세키 기념관〉이 있다. 〈무라카미 라이브러리〉에서 남동쪽으로 1.1km 거리에 위치하는데,

나쓰메 소세키의 연대기를 친절한 설명과 함께 들을 수 있고, 기념관 뒤편의 작품 속에 등장하는 조형물을 구경하며 짧게 산책도 할 수 있다. 하루키는 『태엽 감는 새 연대기』를 쓰기 시작했을 때 그의 소설 『문』을 읽고 이처럼 세상에서 고립된 젊은 부부에 관한 소설을 써보고 싶었다고 가와이 하야오◆씨와의 대담에서 밝히기도 했다. 나쓰메 소세키는 얼마 되지 않은, 아니, 거의 유일하게 하루키에게 영향을 준 일본 작가라고 할 수 있다.

◆ 일본의 융 심리학자로 문화부 장관까지 지낸 심리학의 대가. 『하루키, 하야오를 만나러 가다』(1996)

〈무라카미 라이브러리〉의 〈Orange Cat〉에는 도넛이 있다면, 〈나쓰메 소세키 기념관〉의 〈Cafe Soseki〉에는 소세키가 좋아했고, 그의 소설 속에도 등장하는 긴자의 130년이 넘은 가게 〈쿠야〉 모나카가 있다. 차별점이라고 하면, 모나카와 커피 세트가 있다는 점이다. 같은 날 두 장소를 모두 본다면, 도넛과 모나카 모두 꼭 먹어보길 추천한다. 소세키의 작품이 130년 넘게 맛을 지켜온 모나카처럼 100년이 지난 지금 읽어도 생생하고 맛깔나는 매력으로 사랑받는 것처럼, 하루키의 작품도 오랜 기간 독자들에게 갓 튀긴 도넛의 바삭함과 푹신한 따스함을 전해 줄 수 있길 바라본다.

일종의 강박관념.

고양이

어린 시절부터 집에 고양이가 항상 있었던 하루키는 유독 초등학교 6학년 때 같이 살았던 늙고 커다란 암고양이 '단쓰'와 행복한 기억을 많이 가지고 있다. 니시노미야에 살던 시절, 학교에서 돌아와 따뜻한 햇볕이 아직 남아있는 툇마루에서 단쓰의 털을 만지며 누워있던 그 순간의 기억을 평생 간직하고 있다. 단쓰에 대한 사랑을 듬뿍 담아낸 그림책 『후와후와(ふわふわ)』◆에는 하루키가 얼마나 고양이를 사랑하는지 알 수 있는 문장들로 넘쳐난다.

◆ 포근함을 뜻하는 의태어. 안자이 미즈마루의 삽화 그림책(1998) 이름

"그 폭신폭신하고 부드러운 털에 손을 뻗어, 통통한 목덜미며 끝이 동그래진 차가운 귀 옆을, 가만가만 같은 리듬으로 쓰다듬어주다가 가르릉 거르는 고양이 소리를 듣는 걸 좋아한다. 고양이 털은 이미 해의 온기를 잔뜩 머금은 채, 생명이란 것의 (아마도) 가장 아름다운 부분에 관해 내게 가르쳐준다."

단쓰의 따뜻한 털을 만지며 행복이란 따스하고 보드라우며, 아무리 시간이 흘러도 변하지 않는다는 것을 배웠다고 하는 하루키는 중고교 시절은 물론 도쿄에서도 계속 많은 고양이와 함께 생활했다. 작가가 되고 해외 체류 생활을 하기 시작하기 전까지 계속 고양이들과 함께 지냈다. 에세이 『세일러복을 입은 연필』의 '고양이의 죽음에 대해서'에서는 무라카미 류로부터 받은 고양이 '기린'의 장례식 이야기가 있기도 하다. 그에게 고양이는 4월의 어느 맑은 아침에 만나게 될지도 모르는 100%의 여자보다 더 완벽한

존재가 아닐까.

하루키는 자신의 삶에 세 가지 친구로 책, 음악, 고양이를 꼽는다. 외동아들인 하루키는 어려서부터 혼자 있는 것에 익숙했고, 혼자 남겨져도 책과 음악과 고양이를 벗 삼아 시간을 보냈기 때문에 혼자로서의 외로움이 더 깊어지진 않았다.

"전 고양이를 정말 사랑합니다. 소년 시절 집에서 외로웠던 저는 고양이와 많은 시간을 보냈죠. 그들은 항상 좋은 친구였어요. 저는 그들이 기본적으로 애완동물이지만 내 동료이기도 심지어 어른이기도 했습니다. 고양이로부터 위로도 받고 작품을 쓰는 데 심적으로 도움이 많이 됐습니다. (중략) 어쨌든 고양이의 경우 저에게 있어 일종의 강박관념이라고 생각하셔도 될 겁니다."◆

◆ 아르헨티나 라 나시온(La Nacion) 인터뷰(2007)

소설 속에 등장하는 아름답고 행복한 정경을 묘사할 때도 고양이가 빠지지 않는다. 『노르웨이의 숲』에서 상쾌한 가을날 미도리와 데이트를 하러 가는 와타나베가 전철 속에서 바라보는 풍경 묘사가 백미인데, 여기에서도 어김없이 고양이가 등장한다.

"어느 집의 베란다에는 토마토의 모종 화분이 여러 개 놓여있었고, 그 옆에는 커다란 검은 고양이가 햇볕을 쬐고 있었다.

마당에서 어린아이가 비눗방울을 날리고 있는 모습도 눈에 띄었다. 어디선가 이시다 아유미의 노래가 들려왔다. 그리고 어디선지 카레 냄새도 풍겨왔다."

『태엽 감는 새』에서 고양이가 집을 나갔다 돌아온 후 주인공 '나'가 안정을 취하는 장면들 역시 그의 고양이 사랑을 잘 알 수 있게 해주는 장면이다. 미국 체류 시절에는 고양이를 집에서 키울 수 없어서 길거리에서만 고양이들을 만날 수밖에 없던 시절이라, 도쿄 집에서 키우던 고양이에 대한 그리움이 더욱 강했던 것으로 보인다.

"이렇게 무릎 위에서 잠이 든 작고 부드러운 동물을 어루만지고 있으려니, 그리고 그 동물이 나를 완전히 신뢰한다는 듯 깊이 잠들어 있는 것을 보고 있으려니 가슴이 뜨거워졌다. 나는 고양이의 가슴에 손을 대고 심장의 박동을 느꼈다. 희미하면서도 빨리 뛰었다. 하지만 그것은 내 심장과 마찬가지로 그 몸의 크기에 맞춰 쉬지 않고 진지하게 시간을 나누고 있었다."

가장 좋았던 독서 경험에도 역시나 고양이가 등장한다. 뉴욕타임스 By the Book 인터뷰 내용에 따르면 그리스 체류 시절, 햇빛이 잘 드는 테라스에서 고양이를 쓰다듬으며 한 독서 경험을 가장 최고로 꼽는다고 하였다. 외동이었던 하루키는 집에 있던 고양이들과 자연스럽게 대화하며 성장했다. 외로웠지만 그 빈자리를 고양이가 채워주었고, 그렇게 혼자서도 할 수 있는 것들에 대해 깨닫고 스스로 설 수 있게 되면서 어렸을 때부터 스스로 자신의 삶을 모두 책임지게 되었을지도 모르겠다고 표현한다. 그리고 그의 문학 자체가 외로움과 개인, 개체의 존재가 이 세상에서 어떻게 살아야 하는 것을 고민하는 이야기이기에, 독립적이고 개인적인 성향의 고양이가 더없는 조력자로 하루키 곁에서 함께하고 있다.

반면, 소설 속에 등장하는 고양이에 대한 묘사는 현실과 사뭇 다르다. 첫 소설 『바람의 노래를 들어라』에서 주인공 '나'는 대학 실험 수업에서 두 달 동안 36 마리나 되는 고양이를 죽여야 했다. 『해변의 카프카』에서는 악으로 묘사되는 조니워커가 고양이를 죽이고 심장을 꺼내 먹기도 한다. 하루키는 자신에게 소중한 고양이를 작품 속에서는 잔인하게 죽이는 의식을 진행하며 일종의 독자에게 충격 요법을 전한다.

"40세가 되기 전까지는 폭력과 섹스에 대한 묘사에 소극적이었지만, 40세가 넘어서 쓰게 된 『태엽 감는 새』부터는 일종의 충격 요법을 저와 독자들에게도 주고 싶었어요. 그래서 『해변의 카프카』에서 어린 시절부터 친밀하게 지냈던, 고양이를 잔인하게 죽이는 장면들을 묘사할 수 있었답니다. 또한, 일본이 만주 지역을 침략, 점령하고 있던 시절 군인이었던 아버지에게서 들은 전쟁의 이미지만 기억하고 있었지만, 우리의 양심을 일깨워주기 위해서는 그 침략 전쟁에 대해 『태엽 감는 새』와 같은 소설을 통해 얘기해야 한다고 생각했어요. 『해변의 카프카』에서는 아돌프 아이히만의 얘기를 통해, 2차 세계대전 중 자행된 기계적인 대량 학살과 같은 일을 벌인다면 누구나 도쿄 지하철 사린 테러를 사주한 아사하라 쇼코처럼 교수형을 선고받을 수 있다는 것을 얘기하고 싶었습니다."◆

◆ 프랑스 잡지 렉스프레스(L'Express) 인터뷰(2006)

하루키는 많은 인터뷰를 통해 글을 쓰는 이유로 독자에게 자극을 주고 어떤 물리적인 행동을 불러일으키는 것이 목표라고 얘기해 왔다. 고양이를 사랑하는 만큼 고양이와 자신을 동일시하여, 자신을 스스로 희생하며 독자들에게 폐쇄된 시스템 안에서 작동되는 거대한 힘에서 벗어나야 한다는 메시지를 전달하고 있는 것은 아닐까. 가장 사랑하는 고양이와 함께 글로 투신하고자 하는 그의 작가적 진정성을 느낄 수 있는 부분이다.

이야기의 소재에 대해 항상 고민하고 조바심을 느끼는 작가들에게 하루키가 전하는 노하우가 있다. 무슨 이야기를 써야 할지 모를 때 동물에게 말을 걸어 보는 방법인데, 이는 실제로 많은 작가가 택하는 방법이기도 하다. 어린 시절 고양이 단쓰로부터 받은 따스한 위로와 고베 시립 오지 동물원을 다니며 동물과 친해지려 한 그의 호기심 어린 순수한 마음을 생각해본다.

더 깊은 자신의 내면으로 들어가는 작업.

제3의 신인

초기 작품에서 주로 현대 사회의 고독한 독립적인 개개인의 모습을 그렸던 하루키는 주로 국가와 지역을 초월한 보편적인 주인공인 '나'의 시점으로 이야기를 진행했다. 일본의 전후 경제 성장과 미국의 눈부신 대중문화의 발전이 맞물리며 1960년대 고베항으로 쏟아져 들어오던 영미권 소설과 라디오에서 들리던 팝 음악과 재즈에 심취했던 하루키는 부모님이 권하는 고리타분한 일본 문학보다 새로운 외국 문화를 적극적으로 받아들이면서, 자연스럽게 혹은 의도적으로 일본 소설은 거의 읽지 않게 되었다. 러시아 문학을 먼저 읽었고, 레이먼드 챈들러로 대표되는 미국 탐정 소설로 독서 영역을 확장했다.

"29살 때 갑자기 소설을 쓰기 시작했죠. 내가 뭔가를 쓰고 싶어는 하지만, 전 방법을 몰랐어요. 일본 소설을 거의 읽지 않아, 일본어로 소설을 어떻게 써야 하는지 알지 못했죠. 그래서 미국 작가와 서양 작가의 스타일과 구조 등 모든 것을 빌려서 일본에서의 저 자신만의 스타일을 만들 수 있었다고 생각해요. 그렇게 시작되었습니다."◆

◆ 미국 잡지 파리 리뷰(The Paris Review) 인터뷰(2004)

하루키가 교과서에서 접한 소설 외에 일본 소설을 읽게 된 것은, 20대에 결혼 후 아내가 가지고 있던 나쓰메 소세키 전집과 다니자키 준이치로 작품이었다. 훗날 소세키의 작품 『문』 속 부부의 모습을 자신도 그려 보고 싶다는 것에서 『태엽 감는 새 연대기』가 시작되기도 했다. 하루키는 1991년부터 1995년까지 약 6년여를 미국 프린스턴 대학과 터프츠 대학에서 객원 교수로 초빙받아 일본을 떠나 미국에 체류했는데, 대학교에서 연구와 강의를 진행하며 작품 활동까지 할 수 있었고 체류 2년 차인 1992년부터 『태엽 감는 새 연대기』 연재를 시작했다. 강의와 저작 활동을 동시에 할 수는 없었기에 한 학기 동안 소설 집필은 중단하고, 강의에 집중하며 일본 문학에 대한 강의를 진행했다.

당시 하루키는 일본을 떠나 미국 체류를 시작하며, 기존과는 다른 새로운 작품을 쓰려는 의지가 강했던 시기였다. 프린스턴 대학교 도서관에서 일본의 역사에 대한 자료도 많이 찾아보고 그의 소설에 역사적 사실을 입히려고 시도하면서 자연스레 일본 문학에 관심이 생겼고, 체계적으로 일본 문학을 읽어봐야겠다고 생각했다. 이때 처음으로 '제3의 신인'을 접하면서 매료되었다. 당시 수업 준비를 위해 많은 시간을 할애했고, 다양한 토론을 통해 자신도 일본 문학을 어느 정도 알게 되었다고 회상한다.

'제3의 신인'은 전후 1953년부터 1955년에 걸쳐 군국주의에서 민주주의로 전환되던 시기에 일본 문단에 등장한 신인 작가들을 일컫는 말이다. 대표적인 작가에 하루키의 작가 데뷔 초 주요 문학상의 심사위원으로서 하루키를 지지한 것으로 유명한 요시유키 준노스케와 야스오카 쇼타로, 고지마 노부오 등이 있다. 하루키가 캐치한 이 시기 작가들이 가지는 중요한 의미는 '자유로움'이었다. 전쟁이 끝나고 각종 제도가 바뀌고 군대 제도도 없어지고 무엇을 하든 허용되는 세상이 되니 모두가 자기가 좋아하는 일을 하던 시기였다. 그만큼 작가들의 생각도 자연스러웠고 생동감이 넘쳤다. 주위를 의식하지 않고 쓰고 싶은 것을 그대로 썼다는 것 또한 20년 뒤 일본 문단에 등장한 하루키와 같다. 또한 이 시기의 작품들은 모두 부성이 제거되었다는 점도 하루키의 초기 작품과 많이 닮았다.

하루키는 프린스턴 대학에서 진행한 '제3의 신인' 강의 내용을 바탕으로, 1997년 『젊은 독자를 위한 단편소설 안내』라는 책을 출간하기도 했다. 총 6명의 작가의 작품을 하나씩 거론하며 완전히 새로운 시각으로 그 당시 쓰인 자유로운 작품들에 관해 이야기하는 책이다.

가와카미 미에코 작가와 가진 대담◆중 하루키의 작업을 집으로 구분하는 이미지가 나온다. 하루키가 평소에 자주 했던 말인 '글을 쓸 때 집의 지하층으로 내려간다'를 표현한 이미지이다. 가족과 함께 지내는 사회적인 공간은 1층의 거실이다. 2층은 작가만의 개인 공간이고 지하 1층은 '자아'의 공간이다. 작가 자신이 성장과정에서 받은 상처나 트라우마, 숨기고 싶은 경험과 생각들이 지하 1층에 있는 것이다.

◆ 『수리부엉이는 황혼에 날아오른다』(2017)

'제3의 신인'이 등장했던 당시는 전후(戰後) 어떻게 살아가야 하는 가를 고민하는 것만으로도 벅찬 시기였기에 자유로움의 발산이라는 시대적으로 좋은 환경에 있었지만, 지하 1층까지밖에 내려가지 못했다. 하지만 하루키가 줄곧 하고자 했던 작업은 지하 1층을 지나 한 층 더 내려간 지하 2층이다. 작가 스스로 알고 있는 자신의 '자아'에서 더 깊은 내면으로 들어가는 과정이다. 만약 '제3의 신인' 작가들이 당시에 이런 고민까지 해버렸다면, 과연 하루키는 어떤 작품을 썼을까를 상상해 보는 것도 흥미롭다.

하루키가 나쓰메 소세키와 다니자키 준이치로를 비롯하여 일본 근대 문학사에서 거의 유일하게 호평하는 그룹이고, 하루키를 조금 더 이해하고 싶다면 '제3의 신인'도 읽어보면 도움이 될 것이다. 무엇보다 당시의 사고와 필체의 자유로움만큼은 그 이후 하루키의 작법에도 영향을 주었을 것이다. 이 그룹 중 하루키가 가장 호평하는 요시유키 준노스케의 작품은 국내에 번역된 것이 없는 것이 아쉽다. '제3의 신인' 중 국내 번역된 작품은 야스오카 쇼타로의 『해변의 광경』과 고지마 노부오의 『포옹가족』이 있고, 『포옹가족』은 『젊은 독자를 위한 단편소설 안내』에서도 다루는 작품이다.

긴 문장의 힘, 이야기의 힘, 소설의 힘.

도서관

하루키가 학창 시절을 보낸 한신칸 니시노미야시의 슈쿠가와에는 슈쿠가와역에서 고로엔 해변까지의 약 2km에 걸쳐 조성된 '오아시스 로드'가 있다. 일본 전국에서도 아름다운 벚꽃길로 손꼽히는 이 길은, 작은 슈쿠강 양옆의 둑길에 조성된 주민들이 사랑하는 산책 장소다.

1986년 발표된 단편 「랑게르한스섬의 오후」에서, 집에 두고 온 생물 교과서를 가지고 학교로 돌아가면서 마주한 따뜻한 햇볕에 그만 잔디에 누워 봄날의 정경에 빠지는 중학생 하루키가 거닐던 길이기도 하다. 「랑게르한스섬의 오후」는 많은 독자에게 눈길을 끄는 제목과 함께 가슴 따뜻한 영화 같은 장면으로 여전히 남아있고, '소확행'이라는 명칭이 처음 등장한 의미 있는 작품이기도 하다. 하루키의 감수성과 세상을 바라보는 따뜻한 시선이 영글어 가던 장소라고 할 수 있다.

사실 오아시스 로드는 하루키에게, 그가 이야기한 '갓 구운 빵을 손으로 찢어 먹을 때', '새로 산 정결한 면 냄새가 풍기는 하얀 셔츠를 머리에서부터 뒤집어쓸 때'와 같은 소확행과는 다른 더 큰 행복을 주는 장소가 있는 곳이다. 하루키가 책 속에 파묻혀 전 세계의 이야기 속을 유영하며 지내기 시작한 곳인 JR 슈쿠가와역에서 고로엔 해변의 남쪽으로 1km 지점에 있는, 한신 고로엔역과 가까운 니시노미야 도서관이다. 이 도서관에서 하루키는 초등학교 3학년 때부터 닥치는 대로 책을 읽기 시작했고, 중학생 때부터는 19세기 문학을, 고등학교 때 미국 문학을 접하게 되면서 일본 문학보다는 세계 문학에 더 빠지며 초등학교 시절부터 책과 뗄래야 뗄 수 없는 삶을 살아왔다.

"도서관에 있을 때 그 자체로 행복감을 느껴요. 저는 어렸을 때부터, 도서관에 들어가서 책을 읽는 것만으로도 행복감을 느꼈던 아이여서 도서관이라는 공간 자체를 좋아합니다."◆

◆ 일본 뉴욕타임스 스타일 매거진(The New York Times Style Magazine: Japan) 인터뷰(2021)

재수 시절에는 니시노미야 시립 도서관이 있던 한신 고로엔 역에서 한 정거장 떨어진 곳에 있는 아시야시 우치데 도서관에서 보냈다. 하루키는 부모님의 뜻에 따라 국립대학교에 가기 위해 재수를 했지만, 에세이나 여러 인터뷰, 심지어 단편소설 「크림」에서까지 그 당시 공부는 제대로 안 하고 음악을 듣고 소설을 읽었다고 고백한다. 단편 「크림」을 통해 당시의 자신은 '사춘기와 성인이 되는 시기의 전환점 속 일종의 림보 상태'에 있었다고 했으며 책은 삶을 지탱하게 해주는 수호자와도 같았다고 표현했다. 우치데 도서관은 하루키스트의 한신칸 방문 리스트에도 항상 오르는 곳으로, 도서관 로비에는 하루키 관련 각종 보도자료가 스크랩되어 있고, 사서 직원이 친절하게 도서관 투어도 해준다. 도서관 앞 운동장은 『바람의 노래를 들어라』에서 쥐가 여름 방학 때 고향에 내려와 소란을 피던 장소인 원숭이 우리가 있던 곳인데, 현재 원숭이는 세상을 떠나고 없지만, 원숭이가 지내던 우리만은 지금도 그대로 남아있다.

재수를 하고 도쿄에 있는 와세다 대학에 진학한 하루키는, 당시 60년대 후반 전공투 운동의 열기에 학교 수업보다는 츠보우치 연극 박물관에서 온갖 시나리오와 극본 등을 읽으며 다시 한번 전 세계에서 발화된 수많은 이야기 속에서 자유롭게 헤엄치며 놀 수 있었다.

도서관은 하루키 작품에서 어두운 세계로 내려가는 하나의 공간으로서 기능하기도 한다. 작품을 거듭할수록 하루키는 더욱더 작가 자신의 내면으로 내려가며 다양한 소재로 그 방식을 구현하는데, 그 '어두움의 한가운데'로 들어가는 통로는 여러 가지로 나타난다. 우물, 터널, 미로, 어두운 복도 등과 마찬가지로 도서관도 하루키가 그리는 세계를 구축하는 기능을 한다. 하루키의 작품 속에서 도서관이 메인 배경이 되는 이야기로 『해변의 카프카』를 들 수 있는데, 소설 속에 등장하는 '고무라 기념 도서관'의 모델이 츠보우치 박물관이라고 여겨지기도 한다. 누군가를 기념하는 도서관 네이밍과 고풍스러운 외관, 동서고금의 다양한 문헌을 보유한 것이 비슷하고, 그 속에서 하루키가 대학 시절 푹 빠져 지낸 것처럼, 하루키 자신의 모습이 투영된 15세 소년 카프카는 다양한 이야기로 가득 찬 고무라 기념 도서관에서 어머니의 생령인 사에키상으로부터 받은 위로를 바탕으로 한 깨달음과 응원 속에 회복과 재생의 힘을 얻게 된다.

1994년 하루키는 자신의 또 다른 영웅인 스콧 피츠제럴드의 모교이자 『위대한 개츠비』의 친필 원고가 보관된 파이어스톤 도서관이 있는 프린스턴 대학에 체류했다. 언젠가 이곳에서 공부하고 싶다는 하루키의 이야기를 들은 지인의 노력 덕에 꿈만 같은 일이 일어난 것이다. 파이어스톤은 현존하는 도서관 중에 가장 큰 오픈 스택을 보유한 도서관으로 그야말로 하루키에게는 최고의 오아시스였다. 이곳에서 객원 교수로 있으면서 모든 시설과 자료를 무료로 사용할 수 있었고, 거의 매일 도서관에 방문하여 주로 역사책을 읽었다. 이런 분위기 속에서 하루키는 일본 역사를 외부의 시선으로 바라볼 수 있었고, 작가로서의 큰 전환기를 열어준 『태엽 감는 새 연대기』가 탄생했다. 이때의 책과 역사에 파묻혀 지낸 농밀한 경험으로부터 〈무라카미 라이브러리〉가 시작된 것은 아닐까. 작가와 문학을 연구하고 싶은 사람들을 위해 저서와 원고가 아카이빙 되어 있고, 누구나 자유롭게 열람할 수 있는 파이어스톤 도서관처럼 자신의 친필 원고도 기증하고, 독자들과 후배 연구자들을 위한 공간으로서의 〈무라카미 라이브러리도〉 영글어 가고 있다.

내가 그 조그만 세계를 음미할 때,
풍경이 나를 축복했다.

커피

새벽 4시에서 5시 새벽의 짙은 어두움이 서서히 걷힐 때쯤, 침대에서 몸을 일으킨다. 슬리퍼를 발에 겨우 넣고 주방으로 가서 커피를 데워 큼직한 머그잔에 따른다. 향이 매우 좋다. 그리곤 서재로 가서 매킨토시를 켠다. 매킨토시의 전원이 작동하며 무언가 이때부터 이야기가 살아 움직이는 것만 같다. 배경 음악으로 부드러운 바로크 음악이 플레이되고 오늘도 흥미로운 이야기가 떠오를 것만 같은 기분 좋은 예감이 든다.

첫 소설을 쓸 때 느꼈던, 문장을 만드는 일의 순수한 '기분 좋음'과 '즐거움'을 계속해서 이어가고 있는 하루키는, 매일 새벽 '자, 이제부터 뭘 써볼까'하고 생각을 굴리기 시작한다. 이 시간이 하루키에게 가장 행복한 순간이다.

하루키는 절대 한밤중에 집필 활동을 하지 않는다. 단순히 자신의 습관이지만, 밤에는 보통 어둡고 불길한 이야기가 튀어나올 확률이 아침이나 낮보다는 높아지기 때문에, 밤 동안 충분히 쉰 머리가 상쾌하고 명확해지는 새벽 시간에 글을 쓴다는 원칙이다. 아침 작업을 선호하는 자신과는 달리 『스푸트니크의 연인』 속 작가 지망생인 스미레는 밤 열 시에 글을 쓰는 캐릭터다. 하루키는 스미레의 책상에도 커피포트와 커피가 담긴 머그잔을 두는 것을 잊지 않았다.

"밤 열 시가 되면 그녀는 책상 앞에 앉는다. 뜨거운 커피를 가득 담은 포트와 커다란 머그잔과 말보로 상자와 유리 재떨이가 앞에 놓여있다. 물론 워드프로세서가 있고, 하나의 키가 하나의 문자를 표시하고 있다."◆

◆『스푸트니크의 연인』(1999)

마치 글을 쓰는 작가의 책상에는 커피가 없으면 안 된다고 얘기하는 것만 같다. 커피가 없었다면 하루키의 새벽 글쓰기는 존재하지 않았을지도 모른다.

일본은 미국, 독일, 이탈리아에 이어 세계 4위 커피 원두 수입국이다. 노르웨이 오슬로에서 1963년 오픈한 카페 '푸글렌(Fuglen)'이 유일하게 해외 매장을 오픈한 나라가 일본이고, 카페 '블루보틀(Blue Bottle)'의 창업자는 킷사텐(喫茶店)이라고 불리는 일본식 핸드드립 기반의 커피 문화에서 영감을 받아, 전 세계에 그 매력을 전하고 있다. 하루키의 소설 속에 등장하는 커피는 대부분 직접 커피콩을 갈아 물을 데워서 손으로 내리는 커피이다. 그렇게 내려놓은 커피를 포트에 담아두어 일정한 온도를 유지하고 먹고 싶을 때마다 머그잔에 따라 마신다. 하루키는 가장 좋아하는 커피를 『해변의 카프카』의 도서관 사서 오시마 상의 방식을 빌려 이야기한다.

"그라인더로 원두를 갈아 입구가 가늘고 부드러운 포트로 뜨거운 물을 확실하게 끓인 다음 조금 식혔다가, 종이 필터를 사용해 시간을 들여 추출해 간다. 완성된 커피에 오시마 씨는 아주 약간 일종의 상징처럼 설탕을 넣는다. 크림은 넣지 않는다. 그것이 커피를 가장 맛있게 마시는 방법이라고 그는 주장한다."◆

◆ 「해변의 카프카」 23장(2002)

하루키의 커피에 대한 최초이자 영원히 간직될 기억은 도쿄로 떠나기 전 1960년대 고베항 근처의 작은 커피집의 장면이다. 비 오는 어느 날 고베항 근처에 있는, 카운터 자리 외에는 테이블이 하나뿐인 작은 커피집에서의 추억을 에세이 「커피를 마시는 어떤 방법에 대하여」를 통해 남겨두었다. 커피가 함께한 당시의 따스한 기억은 작가 생활을 하는 내내 글을 쓸 수 있는 원동력이 되지 않았을까. 커피를 대하는 진심과 애정이 묻어나는 문장으로 많은 독자에게 오래도록 기억되고 있다.

"정말로 내 마음에 든 것은, 커피의 맛보다는 커피가 있는 풍경이었는지도 모르겠다. 지금은 그렇게 생각한다. 내 앞에는 사춘기 특유의 반짝반짝 빛나는 거울이 있고, 거기에는 커피를 마시는 내 모습이 또렷하게 비친다. 그리고 등 뒤로 네모난 틀 속 조그만 풍경이 있었다. 커피는 어둠처럼 검고, 재즈의 선율처럼 따뜻했다. 내가 그 조그만 세계를 음미할 때, 풍경이 나를 축복했다. 그것은 아담한 소도시에서 한 소년이 어른으로 성장하는 데 필요한 은밀한 기념사진이기도 하다."◆

◆ 「커피를 마시는 어떤 방법에 대하여」(1986)

하루키는 1998년 작품 「꿈의 서프시티」에서 자신의 단골 커피숍 〈다이보〉를 소개한다. 도쿄 아오야마에서 1975년 개점한 이후 38년간 자가 로스팅, 양모로 짠 천을 이용하는 넬드립(Nel drip) 커피 스타일을 고수했고, 아쉽게도 많은 단골의 아쉬움을 뒤로한 채 2013년 건물이 철거되면서 폐점했다. 창업자 다이보 카츠지씨는 커피 워크숍이나 자가 로스팅 교실 등을 통해 커피 문화를 계속 전하고 있고, 블루보틀 창업자 제임스 프리먼에게 영감을 주기도 했다.

> "당신이 어디에 살고 있는지 나는 알지 못하지만, 만약 도쿄에 거주하고 있다면 아오야마 거리 오모테산도 교차점 근처에 있는 〈다이보(大坊)〉 커피숍을 가보세요. 커피 맛이 매우 좋습니다. 나는 항상 '3번' 농도를 마십니다."◆

◆「꿈의 서프시티」(1988)

다이보 커피는 사라졌지만, 그 커피 맛은 이어지고 있다. 폐점하기 7년 전부터 다이보 커피에서 일했던 미야자와 씨가 다이보 커피를 계승한 〈Yoshi Coffee〉를 2017년부터 운영 중이다. 시부야와 키치죠지역을 잇는 이노카시라선의 중간쯤인 후지미가오카역 주변에 위치하고 역과 커피집 사이에는 이노카시라 호수부터 시작되는 칸다강이 흐른다. 커피 메뉴는 다이보의 커피 방식을 그대로 따르는데, 원두 중량과 추출량에 따라 1~5번까지 고를 수 있다.

〈Yoshi Coffee〉에서 하루키가 즐겨 마시던 3번 커피를 주문하면, 원두 20g으로 100cc가 추출되어 내어진다. 적당한 농도로 추출된 블렌드 커피를 한 모금 마시고 조용히 도쿄 도심을 관통하는 칸다강을 바라보며 그의 소설을 읽는 나른한 오후의 봄날을 그려본다.

이 음악은 실로 대단하다.

비틀스
The Beatles

미국 캘리포니아 출신의 윌슨 삼 형제를 주축으로 결성된 록 밴드 비치 보이스의 〈Surfing USA〉가 전 세계의 전파를 타게 된 1963년. 중학교 3학년이었던 하루키는 〈Surfing USA〉를 처음 듣고 단번에 새로운 음악에 대한 신선한 충격을 받았다. 1960년대 모든 분야에서 대중문화의 꽃을 피웠던 미국의 록 밴드는 하루키가 빠져들기에 충분했고, 국어 교사였던 아버지로부터 잠시나마 탈출할 수 있었던 환상의 세계였다.

하루키는 16년 뒤 30세의 나이에 하루키 자신의 사연일지도 모르는 당시의 추억을 데뷔소설 『바람의 노래를 들어라』에서 그대로 헌정한다. 고베 라디오 방송에서 걸려 온 전화를 받은 주인공 '나'는 예전에 비치 보이스의 〈California Girls〉가 수록된 LP를 빌려주었던 소녀로부터 신청 곡을 선물 받는다. '나'는 그 LP를 이미 잃어버린 상태였지만, 사연 신청자를 기억해 낸 선물로 방송국에서 보내준 티셔츠를 입고 비치 보이스의 LP를 사러 간다.

미국 밴드 일색이었던 음악계에 〈Surfing USA〉의 충격이 가시기도 전에, 영국 출신의 밴드 비틀스(The Beatles)가 그야말로 혜성과 같이 등장했다. 1960년부터 영국에서 탄탄히 실력을 다진 비틀스(The Beatles)는 1964년 미국 에드 설리번 쇼에 출연하며 일약 대스타가 되었다. 하루키가 처음 들은 비틀스의 노래는 미군 방송 FEN(Far East Network)에서 흘러나온 〈Please Please Me〉였는데, '이 음악은 실로 대단하다'라고 느꼈다고 한다. 어떤 점이 그랬는지는 잘 모르겠지만, 이런 울림은 지금까지 없었다는 것은 확신할 수 있었다고 회상한다.

하루키도 비틀스의 등장이 더욱더 충격적이었고, 음악사적인 영향과 성취가 높았음을 인정하지만, 그에게는 비치 보이스에게서만 느낄 수 있는 추억과 감정이 우선시 되었고, 그런 감정이 하루키의 초기 작가로서의 작업에 적지 않은 영향을 끼쳤다. 비틀스의 음악도 물론 좋아했지만, 라디오에서 매일 흘러나왔기 때문에 LP를 직접 살 정도로 열성적인 팬까지는 아니었다. 그는 마일스 데이비스나 존 콜트레인을 듣고, 오페라를 듣기도 했다. 스스로 당시의 자신을 '건방진 소년'이었다고 회상하는 것으로 보아 당시 하루키에게는 모두가 대단하다고 치켜세우는 것에는 매력을 느끼지 못하는 일종의 문화적 반골 기질이 있었던 것은 아닐까. 라디오를 통해 흘러나오는 모두가 칭송하는 비틀스 음악에 일종의 반감을 품었던 하루키는 그로부터 20년 뒤에 비틀스의 음악을 비로소 제대로 듣게 된다.

1986년 『세계의 끝과 하드보일드 원더랜드』를 마무리하고 그리스로 건너가서, 비틀스의 화이트 앨범으로 불리는 〈The Beatles〉 앨범과 〈Sgt. Pepper's Lonely Hearts Club Band〉 앨범을 무한 반복하며 『노르웨이의 숲』과 『댄스 댄스 댄스』를 썼다. 화이트 앨범을 들으며, '이건 대단하다.'라고 느꼈다고 한다. 그리스에서 비틀스를 재발견하게 된 것이다. 그렇게 비틀스의 노래 제목을 가져온 소설 『노르웨이의 숲』이 탄생하게 된다. 하루키는 이 소설의 저자 후기를 통해 '〈Sgt. Pepper's Lonely Hearts Club Band〉를 워크맨을 통해 120회 정도 반복해 들으면서 이 소설을 써 내려갔다. 그런 의미에서 이 소설은 레논과 매카트니에게 약간의 도움을 받았다고 할 수 있다.'라고 직접적인 감사 표현을 남겼다.

이에 대한 감사일까, 『노르웨이의 숲』에는 그야말로 비틀스의 음악의 향연을 펼치는 장면이 등장한다. 주인공 와타나베는 연인 나오코를 찾아갔던 요양원에서 알게 된 레이코 여사로부터 나오코가 죽음에 이르렀던 과정을 전해 듣는다. 둘은 도쿄의 집에서 전골 요리와 와인을 마시며 나오코를 추억하는데, 레이코 여사는 나오코와 요양원에서 했던 것처럼 비틀스의 노래를 연주한다. 〈Norwegian Wood〉로 시작하여 〈Yesterday〉, 〈Michelle〉, 〈Something〉, 〈Here Comes The Sun〉, 〈The Fool on the Hill〉을 내리 연주하고, 잠시 쉬었다가, 〈Penny Lane〉, 〈Blackbird〉, 〈Julia〉, 〈When I'm Sixty Four〉,〈Nowhere Man〉, 〈And I Love Her〉, 〈Hey Jude〉까지 모두 14곡을 연주한다. 그리고 레이코 여사는 '이 사람들은 확실히 인생의 슬픔이라든가 상냥함 같은 걸 잘 알고 있는 것 같아.'라고 되뇐다. 하루키가 의도한 것인지는 모르겠지만, 14곡은 그야말로 다양한 앨범이 골고루 분포된 것을 알 수 있다. 그가 비틀스를 제대로 듣기 시작하면서, 느꼈던 풍성한 재발견은 문학적인 작업에도 깊은 영감을 주게 되었고, 독자들에게도 이런 기쁨 충만한 심정을 그대로 전하고 싶었을 것이다.

"대중문화는 작가가 독자와 직접적으로 교류할 수 있는 주제를 취할 수 있는 대규모 자연 보호 구역과 같다고 생각해요. 제 소설 『노르웨이의 숲』은 비틀스(The Beatles)의 노래에서 영감을 받았죠. 제가 들었던 음악을 독자들과 함께 공유하고 싶은 마음이 있었어요."◆

◆아르헨티나 라 나시온(La Nacion) 인터뷰(2007)

비틀스의 노래 제목을 딴 소설은 이후에도 계속해서 나왔다. 단편집 『여자 없는 남자들』에 수록된 〈Drive My Car〉와 〈Yesterday〉, 그리고 『일인칭 단수』에 실린 〈With The Beatles〉가 있다. 최근 무라카미 라디오에서는 하루키가 최고로 꼽는 비틀스의 앨범〈Sgt. Pepper's Lonely Hearts Club Band〉과 〈Rubber Soul〉 앨범의 전곡 커버 방송을 진행하기도 했다. 순수한 관심과 흥미를 바탕으로 대중문화를 선입견 없이 수용하여 자신만의 작품 세계를 구축했다고 평가받는 하루키의 노력이 편견에 갇혀 사는 우리에게 전해지는 메시지가 가볍지만은 않다.

세 번째 서랍,

비밀

도넛이

뜨거운 커피에

녹아 사라지듯

나를 둘러싼 과거를

있는 그대로

받아들인다.

역사의 한 줄기 안에서
모두가 영향을 주고받는 세상.

아버지

하루키가 태어난 단카이세대의 한가운데인 1949년, 일본이 패전 후 군국주의에서 민주주의 국가로의 전환을 시도하는 가운데 기존 사회 시스템이 리셋되었고, 하루키가 데뷔한 시기 전후로 고도의 경제성장기를 겪었다. 하루키의 학창 시절, 만연한 이상주의 속에서 반전 의식과 반문화가 주목받았고 하루키 역시 그에 참여했었지만, 70년대에 접어들면서 그 '이상'은 모두 사라지고 앞다투어 회사에 취업해 일하면서 일본 경제는 정점을 찍게 되었다. 그때부터 하루키는 스스로 그 어떤 운동이나 'ism'에 현혹되지 않기로 결심했다. 말로만 외쳤던 이상주의는 경제 호황이라는 단맛에 녹아버려 하루키를 실망하게 했고, 배신감 마저 들게 했다. 그렇게 아버지 세대로부터 시작된 상실감을 써 내려가기 시작한 것이 하루키의 시작이었다.

이런 기댈 곳 없는, '아버지가 없는 세대'의 시작점을 함께 한 하루키의 소설 속에서도 '아버지'란 존재가 사라졌다. 아버지를 위시한 가족의 구조가 기본적으로 존재하지 않는다. 일인칭으로 기술되는 '나'의 시각과 주변 인물들에 대해서 사실적이고 실감나게 묘사하는 그의 첫 소설에서는 아버지란 존재는 매일 밤 구두를 닦아주어야 하는 가부장적이고 권위적인, 발밖에 보이지 않는 이미지로 그려진다. 일본의 패전과 한국 전쟁이라는 역사의 흐름 속에서 운 좋게 돈을 벌어들인 아버지는 전쟁이 끝난 이틀 뒤 자기가 심어 놓은 지뢰를 밟아 죽는다.

눈부신 경제 성장을 이루고 많은 사람이 부자가 되었지만, 그렇게 안주하던 아버지 세대는 버블 붕괴를 넋 놓고 바라만 보았고, 사회는 오히려 더 불안에 빠진 채 옴진리교 사린 테러가 일어나고 원전 사고라는 대형 인재까지 터지게 되었다. 경제 호황이라는 당시의 단맛은 그저 이상에 불과했던 것이라는 걸 깨달은 것이다. 그 속에서 하루키는 진정 추구하는 이상과 가치가 무엇인지에 대해 고민하고자 개인의 내면으로 들어갔고, 그 안에서 역사를 되돌아봐야 한다고 말해 왔다.

하루키가 말하는 아버지, 부성이라고 하는 것은 바로 '시스템' '제도'와 동의어이기도 하다. 개개인의 영혼의 힘을 부여하기 위해 글을 쓰는 하루키에게 시스템, 국가, 제도 등은 강하게 경계해야 할 대상이다. 그렇게 자연스레 부성이 부정되는 이야기가 이어진다. 물론 하루키 개인적으로도 아버지와의 관계가 썩 좋지 않아 대립하기도 하였다. 대학 시절 이른 결혼과 재즈바를 오픈하며 아버지와 완전히 갈라섰는데, 외동아들이었기 때문에 아버지, 어머니 그리고 자신이라는 팽팽한 삼각관계 속에서 오이디푸스 콤플렉스*의 상태라고도 할 수 있는 생활을 했다고도 회상한다.

* 프로이트가 그리스 신화에 등장하는 영웅 오이디푸스 이야기를 유래로 창시한 개념으로, 어린 남자아이가 어머니를 독차지하려고 하는, 혹은 아버지를 경쟁 상대로 보고 콤플렉스를 느끼며 증오하는 심리

이렇게 '아버지가 없는 세대'의 일원으로 성장해 온 하루키가

그리는 가족도 불안정한 모습일 수밖에 없지 않았을까. 일본에서는 특히 가족이라는 것을 매우 중요시하지만, 자신의 소설 속에서 가족은 그리 안심할 수 있는 장소로는 그리지 않았다고 고백하기도 했다.◆

◆ 이스라엘 예디오트(Yediot) 인터뷰(2009)

하루키가 스스로 개인 내면의 이야기에 역사의 줄기를 교차로 대입하기 시작한 1994년 작품 『태엽 감는 새 연대기』에서는 주인공과 아내라는 가족의 형태가 처음으로 등장하고, 어떠한 영향으로 낙태 수술을 받게 되지만 결국 둘 사이의 아이가 생기는 것을 그린다. 그러다가 『1Q84』에서는 아오마메가 덴고의 아이를 잉태한 것으로도 해석될 수 있는 설정이 등장하고, 『기사단장 죽이기』에 이르러서는 내 아이가 아닐지라도 임신한 아내와 재결합하며 아기를 키우는 결심을 하는 하나의 가족의 형태가 비로소 완성된다. 작품을 거듭하며 한 세대의 어른이 되어가면서 독자들에게 비로소 개인으로서는 느낄 수 없는 관계를 맺는 행위를 통한 일종의 치유와 재생의 메시지를 주려고 한 의도가 엿보인다.

하루키는 아버지와 좋지 않은 관계 속에서 서로 다가가지 못하다가 아버지가 90세의 나이로 돌아가시기 전 일종의 화해와 같은 것을 했다. 하루키의 아버지는 매일 아침 집 안의 불단 앞에서 손을 모으고 꽤 긴 시간 묵념을 하며, 본인이 직접 겪은 전쟁에서 적이건 아군이건 죽은 모든 사람을 위해서 기도했다. 불단 앞에 무릎을 꿇고 있는 아버지의 뒷모습을 보면서, 그 주위를 맴도는 죽음의 그림자를 느꼈던 것처럼 하루키는 '죽음이라는 것이 바로 우리 주변에 계속 머물고 있다'라는 감정을 지닌 채 작가 활동을 이어오고 있다.

아버지가 돌아가시고 그가 지녔던 기억들도 함께 사라지게 되었지만, 아버지의 주변을 맴돌던 죽음의 존재는 하루키 자신의 기억 속에 자리 잡게 되었다. 이 점은 분명 그가 아버지로부터 물려받은 몇 안 되는 것 중 하나이며, 매우 중요한 것이기도 하다고 고백한다. 아버지 세대를 부정하며 소설을 쓰기 시작했지만, 결국 인간은 좋든 싫든 역사의 한 줄기 안에서 모두가 영향을 주고받으며 살아갈 수밖에 없다는 사실을 담담히 받아들인 그의 다음 이야기가 기다려진다.

서로의 진짜 이야기에 귀를 기울여 보자.

선구

도쿄 오쿠라 호텔 스위트룸의 창문으로 거센 뇌우가 들이친다. 침대에 엎드려 있던 거구의 한 남자를 여주인공이 아이스픽으로 솜씨 좋게 찔러 죽인다. 긴장감 가득한 몰입도로 오래도록 머릿속에 남아있는 이 장면은 소설 『1Q84』 속 '선구'라는 종교 단체의 거물을 아오마메가 적법하진 않지만, 정당한 이유에 의해 살해하는 장면이다. '선구'는 앞서나간다는 의미의 'さきがけ'가 그대로 번역된 명칭이다. 엄청난 파괴력을 지닌 선구의 리더가 아오마메에 의해 죽임을 당하는 장면은 언제 읽어도 손에 땀을 쥐게 만든다.

『태엽 감는 새 연대기』 1, 2부를 발표했을 무렵, 완전히 텅 비어 있던 상태의 하루키는 미국 보스턴의 터프츠 대학에 체류하고 있었다. 어느 날 부모님이 계시는 한신칸-고베에 대지진이 일어났다는 소식을 TV로 접하였고, 그로부터 2개월 뒤에는 옴진리교의 신도들에 의해 도쿄 도심 한복판에 있는 지하철에서 사린 테러가 일어났다는 더욱 충격적인 소식을 접하였다. 1995년 1월부터 3월까지 불과 2개월 만에 일어난 일들이었다.

하루키는 1990년 초 『태엽 감는 새 연대기』에 이르러서야, 한 개인의 수평적인 씨실의 이야기에 동시대를 관통하는 역사인 수직적인 날실을 꿰는 작업을 시작했다. 이렇게 작가로서 일종의 사회적인 책임감을 서서히 느끼기 시작했던 하루키에게, 고국에서 벌어진 두 개의 사건은 크게 다가왔다. 미국 체류 일정이 끝나자

마자 일본으로 귀국한 그는, 자연재해에 대해서는 고베에서 낭독회를 열며 작가로서의 치유 작업을 시도했지만, 옴진리교에 의해 자행된 테러 사건은 그의 마음속에 깊게 박혀 작가이기 전에 한 인간으로서 크나큰 정신적인 고통과 마음의 짐이 되었다.

> "전 신문과 잡지를 통해 모든 기사를 읽었지만, 제가 진짜 알고 싶은 것은 알 수 없었죠. 저는 그날 지하철 안에서 실제로 무슨 일이 일어난 건지 알고 싶었어요. 출근길 만원 지하철에서 사린 가스 냄새가 밀려오는 것인 어떤 것인지 직접 듣고 싶었어요. 그래서 그것을 제가 직접 하기로 결심했고, 당시 사린 테러 현장에 있던 피해자들을 인터뷰하기 시작했어요."◆

◆ 미국 잡지 뉴요커(The New Yorker) 인터뷰(2019)

그렇게 하루키는 피해자 60명을 인터뷰한 『언더그라운드』와 가해자 측이었던 옴진리교 신자 8명을 인터뷰 한 『언더그라운드 2: 약속된 장소에서』를 펴냈다. 그날 아침 일어나서 무엇을 하다가 집을 나섰고 어떤 길을 통해 지하철을 탔고 그러다가 무슨 일이 일어났던 것인지 그저 듣는 것뿐이었지만, 피해자들의 이야기를 집중해서 듣다 보면 다들 자기만의 이야기가 있다는 것을 알 수 있었다고 한다. 거창한 이야기는 아니었지만 대부분 자신이 직접 체험한 이야기였고, 그런 '진짜 이야기'들이 모이면 엄청난 설득력을 발휘할 수 있다고 믿었다. 하루키는 아직도 인터뷰했던 60명의 생생한 목소리가 자신 안에 남아서 지금까지도 계속 도움이 되고 있다고 말한다. 그에 반해 옴진리교 측 사람들의 이야기는 실제 본인이 경험한 이야기라기보다는 어디선가 빌려온 듯한 이야기의 깊이가 없는 '가짜 이야기'였다.

하루키는 옴진리교 테러 사건의 주요 재판을 방청하며, 이 사건을 어떻게든 이야기로 만들고자 했다. 그리고 『언더그라운드』 작업을 통해 얻은 진짜 이야기를 바탕으로 『1Q84』라는 세계를 창조해 냈다. 옴진리교는 『1Q84』에 등장하는 비밀 단체 '선구'로 등장한다. 옴진리교의 교주인 아사하라 쇼코를 비롯하여 재판받던 핵심 간부 전원에 대한 사형이 집행되어 일련의 형사 재판은 모두 종결이 되었지만, 국가 시스템이 한 개인을 죽이는 사형이라는 시스템에 부정적인 하루키는 『1Q84』 속 아오마메를 통해 선구의 리더를 죽이는 의식을 행함으로써, 시스템의 클로즈드 서킷 안에서의 작동이 아닌 한 인간의 오픈 서킷 아래 자유의지에 의해 죗값을 치르게 하는 의식을 행한 것이다.

하루키가 옴진리교를 모티브로 한 이야기 속 '선구'라는 종교단체를 악으로 규정하며 독자들에게 내세운 이야기는 꽤 결의에 차 있다. 아사하라 쇼코가 옴진리교 신자들에게 전달한 이야기는 말하자면, 살아 있지 않은 '나쁜 이야기'다. 작가라면 이에 대항하는 힘을 가진 이야기를 써야 한다고 생각했던 그는, 옴진리교의 교주인 아사하라 쇼코가 그의 추종자들에게 했던 이야기를 능가하는, 혹은 그를 부숴버릴 수 있는 소설가로서 자신만의 이야기를 창조해 내면서 독자들에게 클로즈드 서킷에서 나와, 오픈 서킷으로 올라와야 한다고 강하게 주장한다.

소설 속에서 선구의 리더는 죽었지만, 그를 있게 한 '리틀피플'은 여전히 이 세상에 존재하고 있다. 리틀피플은 우리가 모두 가지고 있는 클로즈드 서킷 안의 시스템에 의해 통제되고 있는 의식의 집합체라고도 볼 수 있다. 우리가 모두 오픈 서킷으로 나가려는 의지만 있다면 리틀피플도 물리칠 수 있다. 하루키가 하고자 하는 이야기는 특정 집단, 정치 세력, 이론과 메시지에 현혹되지 말고, 독자 각자의 이야기를 발신하고 각자의 이야기에 귀를 기울여 보자는 것이다. 어디에도 의지하지 않고, 편승하지 않는 개개인의 진짜 이야기, 살아 있는 이야기의 힘을 믿는 하루키의 이야기 속에 계속해서 등장하게 될 보통의 인물들을 기대한다. 꼭 선구자가 될 필요는 없이 묵묵히 제 일을 해나가는 사람들이야말로 주인공이자 리더가 되는 세상을 꿈꾸는 하루키의 작업을 계속 응원하는 이유다.

또 다른 재생의 힘을 얻는 하나의 과정.

죽음

섹스와 죽음과 대해 제대로 써보고 싶었던 하루키는 『세계의 끝과 하드보일드 원더랜드』를 마무리하고, 일본을 떠나 그리스에 체류하면서 『노르웨이의 숲』 작업에 들어갔다. 『국경의 남쪽 태양의 서쪽』과 함께 리얼리즘(realism) 소설로 분류되는 이 소설에서는 많은 주인공과 그 주변 인물들이 스스로 죽음을 마주한다. 데뷔작부터 비현실적인 환상의 이야기로 독자들을 매료시켰던 그가 리얼리즘 소설을 쓸 수 있다는 것을 증명하기 위해 죽음이라는 어둡지만 우리 주변에 매우 가까이 있는, 그래서 외면 할 수 없는 소재를 선택한 것이다.

"『노르웨이의 숲』을 쓸 때, 섹스와 죽음에 관해 쓰기로 결심했죠. 그 소설은 섹스와 죽음에 관한 이야기로 가득 차 있어요. 그리고 꽤 잘 썼다고 스스로 생각해요. 제가 그 작업을 했다는 것에 놀라기도 했죠. 그런데 많은 사람이 섹스와 폭력으로 가득 찬 소설을 보고 매우 비난했어요. 하지만 저는 주눅 들지 않고 앞으로 더 폭력적이고 자극적인 소설을 다루기로 결심했죠."◆

◆ 에콰도르 문학의 밤 행사 (2018, 인터뷰어: 라울 페레스 토레즈 장관)

데뷔작 『바람의 노래를 들어라』에 등장했던 '죽음은 삶의 대극에 있는 것이 아니라, 삶의 한 부분으로서 존재한다.'라는 문장은 『노르웨이의 숲』에서 그대로 반복된다. 와타나베가 기즈키의 죽음을 맞이하고 일종의 '진리'로서 깨닫는 문장인데, 죽음을 우리 주변에 항상 있는 존재로 받아들인다는 의미다. 하루키는 어린 시절부터 아버지가 매일 아침 직접 겪은 전쟁터에서 죽은 사람들을 위해 기도하는 모습을 보며, 아버지의 주위를 맴도는 죽음의 그림자를 항상 느끼며 자랐다. 또한 어린 시절 할아버지가 철도에 치여 세상을 떠난 사실이나, 친척이 우물에 빠져 죽은 일, 2, 30대 시절 친한 지인들이 자살로 생을 마감한 경험을 복수의 인터뷰를 통해 담담하게 고백하기도 했다. 심지어 하루키 자신도 3살 때 집 앞 개울에 빠졌다가 어머니에 의해 구출되었던 생생한 경험도 가지고 있다. 하루키는 『노르웨이의 숲』 저자 후기를 통해, '이 소설은 이미 죽음으로 이별한 나의 친구들과 살아 있지만 떨어져 있는 나의 몇몇 친구들에게 바친다.'라고 죽음을 통해 이별한 친구들을 추모하는 의식을 치르기도 하였다.

> "3살 때, 집 현관문을 열고 밖으로 나가 길을 건넌 후 개울에 빠진 적이 있어요. 물살에 휩쓸려 어둡고 끔찍한 구덩이로 내려가고 있을 때, 어머니께서 구해주셨죠. 분명하게 기억하고 있어요. 아주 무서운 기억이에요. 물의 차가움과 구덩이의 어두움이 제 작품 속 어둠의 형상에 영향을 주었다고 생각해요."◆

◆ 미국 뉴욕타임스(The New York Times) 인터뷰(2011)

하루키는 죽음이라는 것이 항상 가까이에 존재한다는 것을 느꼈고, 전쟁에서 죽은 사람들을 기리는 아버지의 기도를 보며 하루키 자신도 죽은 이들을 형상화하고 그들의 영혼을 기리는 과정이 성장 과정 속에 체화되었을 것이다.

2018년 에콰도르의 문학의 밤 초청 행사에서 참석한 하루키는, 인터뷰어인 라울 페레스 문화유산 장관에게서 최근 높아지는 자살률에 대한 걱정과 함께 작중 자살을 묘사하는 의도에 관한 질문을 받았다. 하루키는 자살이 좋지 않은 것임에는 분명하지만 사람들은 모두 자신의 삶을 살아갈 권리를 가지고 있고 친구 중에도 스스로 목숨을 끊은 경우가 있어, 지금도 그들이 그립다고 대답했다. 덧붙여 자살을 죄라고 생각지 않으며 소설에서 죽음에 관해 쓰는 이유는 자살을 장려하거나 미화하려는 의도가 아니라, 그렇게 스스로 생을 마감한 사람들에 대한 추모의 마음임을 전하였다. 가톨릭 신자가 95%가 넘는 에콰도르에서 자살은 죄악시되는 행위라 장내 분위기가 안 좋아지기도 했었지만, 하루키가 앞으로는 자신을 위해서라도 죽음에 관해서는 쓰지 않겠다고 이야기를 이어가며 큰 박수갈채를 받았다.

그런데 이후 발표된 장편 『도시와 그 불확실한 벽』에서 자신의 부주의로 어린아이를 사고로 잃은 어머니가 자살하는 장면이 다시 등장한다. 주인공 '나'는 그 가족이 함께 묻혀있는 곳을 찾아가서 어린 시절 하루키의 아버지가 그랬던 것처럼 며칠을 추모한다. 어머니의 자살에는 이유가 있고, 그렇게 할 수밖에 없었던 상황을 그리며 에콰도르 독자들과의 대화를 기억하고 그들에게 양해를

구하듯 이야기를 이어간다. 죽음도 엄연히 존재하는 사실이며 그렇게 죽어간 사람들을 추모하기 위해서는 죽음에 관해서 쓰지 않을 수가 없다고 이야기하는 것 같다. 실제 발생한 일을 숨기지 않고 이야기로 승화시키며 추모하는 작업을 통해, 또 다른 재생의 힘을 얻는 하나의 과정이라고 할 수 있다.

인간은 누구나 죽지만 사는 동안은 죽는다는 사실을 망각하며 살아가게 된다. 그러기에 죽음은 더 비극적이고, 예상치 못했을 때 마주하게 되면 견딜 수 없는 슬픔에 빠지게 된다. 인간은 그런 상황들을 수없이 극복하며 살아가야 한다. 『노르웨이의 숲』에서 와타나베가 레이코씨를 만나 죽음의 형상을 경험하고 재생의 힘을 얻고, 『색채가 없는 다자키쓰크루와 그가 순례를 떠난 해』의 쓰쿠루 역시 쿠로를 만남으로서 살아갈 재생의 힘을 얻는다. 『해변의 카프카』에서 두 병사에 이끌려 숲에 다녀온 카프카 소년 역시 다시 리얼한 도시 도쿄로 돌아간다. 어두움과 혼란으로 그려지는 세계에 들어갔던 주인공들이 다시 반전을 이루며 극복하는 모습을 통해 독자를 위로하고, 재생의 메시지를 전달한다. 입구가 있으면 출구가 있고, 총이 등장했으면 방아쇠는 당겨져야 하고, 돌이 들렸으면 다시 놓아져야 하듯이 하루키 작품 속의 죽음은 주인공의 여정을 통해 결국 재생의 이미지로 연결된다.

하루키는 죽음을 일종의 '무(無)'라고 정의하며* '터널 속에서 신칸센이 멈춰서 오지도 가지도 못하고, 도시락도 끊기고, 화장실도 못 가는 그런 상황이 아닐까'라고 이야기했다. 작가이기 전에 하나의 인간인 그에게도 죽음에 대한 정의는 인생 마지막까지 해결하기 어려운 숙제로 다가올 것이다.

◆ 『수리부엉이는 황혼에 날아오른다』(2017)

죽음에 대한 생각은
적어도 내게는 무척 막막한 작업이다.

중국행
슬로보트

1951년 소니 롤린스의 테너 색소폰이 리드하고, 아트 블래키의 드럼이 함께한 연주곡 〈On A Slow Boat To China〉는 하루키가 평소 좋아하는 재즈 넘버다. 하루키는 『포트레이트 인 재즈』를 통해 세상에서 가장 멋진 음악인 재즈를 있게 해준 것은 '한 걸음도 뒤로 물러서지 않는' 저력을 보여주는 테너 색소폰 주자가 있었기 때문이라고 하며, 존 콜트레인과 함께 소니 롤린스를 언급했다. 재즈 음악을 이루는 여러 악기 중 테너 색소폰이 유독 더 멋있고 다른 악기 사운드로는 대체할 수 없는 것이라는 극찬을 남겼다. 소니 롤린스 콰르텟의 이 재즈 넘버는 1980년 하루키의 첫 단편 「중국행 슬로보트」라는 동명의 이야기로 다시 태어난다.

평소 좋아하던 재즈 넘버인 〈On A Slow Boat To China〉를 제목으로 삼아 어떤 이야기가 쓰일지 궁금했다고 하는 하루키는, 이야기의 플롯이나 스토리 라인이 전혀 없는 채로 단지 제목만을 가지고 이야기를 진행했다. 「중국행 슬로보트」는 하루키의 대표적인 소설 작법인 줄거리를 미리 구상하고 쓰지 않는 방법으로 최초 시도한 이야기였다.

"『바람의 노래를 들어라』, 『1973년의 핀볼』의 초기 2편의 장편과 단편집 『중국행 슬로보트』는 재즈 카페를 하는 와중에 썼기 때문에, 결정된 스토리를 가지고 쓸 여유가 없었다고 할까요. 이야기의 조각 조각을 이어서 쓰는 수밖에 없었습니다. 처음에는 그것이 참신하다고 평가되었던 것 같지만, 그전에 제대로 쓰고 싶단 생각을 하곤 했습니다. 그리고 무라카미 류의 『코인로커 베이비스』를 읽고 '이렇게 쓰고 싶다'라는 생각을 하고 가게를 그만두게 되었죠. 결말이 어떻게 될지 모르는 상태에서, 원하는 만큼 충분한 시간을 들여 이야기를 써나가는 기쁨을 맛보았습니다. 그러던 중 저 스스로 이런 방식이 맞는다고 느끼게 되었죠."◆

◆ 일본 교토대 공개 강의 대담(2013)

동명의 단편집에 함께 실린 「캥거루 통신」, 「가난한 아주머니 이야기」, 「뉴욕 탄광의 비극」은 모두 잡지사의 요청으로 썼다고 작가 후기에서 밝혔지만, 「중국행 슬로보트」는 별도의 언급이 없다. 하루키가 작가로 데뷔하고 두 번째 장편까지 힘을 주며 탈고 후 다소 마음이 가벼워진 상태로 정말 자신의 안에 있던 원석과도 같은 이야기를 썼다고 혹은 '써졌다고' 봐도 될 것이다.

프랭크 로서의 1947년 곡인 'On A Slow Boat To China'라는 말은 원래 포커에서 계속 대결을 이어나가며 진검승부 후 패한 사람을 존중해주기 위해 쓰인 말이었는데, 프랭크 로서가 옛 민요를 바탕으로 아름다운 가사와 함께 낭만적인 노래로 발표하여 널리 알려졌다. 당시 미국 사람들에게 생각할 수 있는 가장 긴 여행이 슬로보트를 타고 중국으로 가는 여행이었고, 이 말은 일반적으로 '매우 오랜 시간이 걸리는 일'이라는 의미로 쓰이게 되었다.

「중국행 슬로보트」는 주인공 '나'가 만난 3명의 중국인에 관한 이야기이다. 먼저, 중학교 입시 시험을 위해 찾은 초등학교의 중국인 시험 감독관이다. 그는 시험을 보러 온 일본인 학생들에게 이웃인 중국과 일본은 사이좋게 지내야 한다는 취지의 말을 하지만, '나'는 대답을 하지 못한다. 두 번째는 대학생 시절 아르바이트를 하면서 만난 여학생이다. '나'는 그녀와 데이트를 했고, 헤어질 때 그녀를 반대 방향 지하철에 태우고 만다. 다시, 역으로 돌아가 그녀를 만나지만 이러한 일들이 익숙한 듯 여기는 내가 있어야 할 장소가 아니라고 말한다. 다시 만나기 위해 연락처를 받았지만 '나'는 그만 전화번호를 담뱃갑과 함께 버리고 만다. 세 번째는, 28살이 되어 우연히 만난 고등학교 시절 친구다. 그는 백과사전을 판매하고 있었는데 중국인들을 대상으로만 영업을 하고 있다. 언제 사게 될지 모르지만, 팸플릿을 받아 보기 위해 집 주소를 알려주고 헤어진다.

주인공은 중국인을 만난 세 번의 상황에서 모두 어물쩍한 태도를 보인다. 어린 시절부터 항구 도시 고베에서, 많은 중국인을 비롯한 외국인들 틈에 있었던 하루키가 대부분의 일본 사람들이 그러하듯, 중국인들에 대해 어떤 명확한 관계성을 가지지 못하고 한 걸음 물러나서 바라보는 태도를 견지한 채 성장해 온 것을 얘기하듯 묘사하고 있다. 하루키는 지금까지 자신이 중국인과 중국이라는 나라를 대했던 태도에 대해 반성을 하고자 했던 것으로 보인다. 슬로보트를 타고 중국으로 서서히 다가가서 과거에 어떤 일들이 있었던 건지, 알고 싶고 파헤쳐 보고 싶고 아버지가 그랬듯이 그들의 영혼을 위로하고 싶었는지도 모르겠다. 작가가 되기 전부터 하루키의 내면에서는 전쟁 중에 죽은 군인에 대한 미안한 마음, 죽음에 대한 두려움과 같은 무의식이 자라고 있던 것이다.

하루키는 매일 아침 아버지가 일본이 저지른 중국과의 전쟁 속에서 무수히 죽어간 영혼들에 드리는 기도를 보며, 죽음의 기운을 느끼며 자랐다. 「중국행 슬로보트」의 이야기 서두에 "죽음에 대해 생각하는 것은 적어도 나에게는 무척 막막한 작업이다. 그리고 죽음은 왜 그런지 내게 중국인을 떠올리게 한다."라는 문장이 등장하는 이유이다.

그의 중국인에 대한 미안한 감정은 전쟁의 무의미함과 비참함을 바탕으로 하고 있다. 2만여 명의 군인이 목숨을 잃은 『태엽 감는 새 연대기』의 노몬한 사건과 『기사단장 죽이기』 속 민간인을 포함한 10~40만 명가량이 학살된 난징 대학살의 언급으로 이어지며 중국에는 위로의 말을, 자국 일본에는 역사를 수정하지 말고 있는 그대로 봐야 한다는 메시지를 계속 전한다. 하루키는 소설가로서 이야기 속에 정치적인 이야기를 넣는 것을 최대한 자제하는 태도를 보이지만, 소설이 아닌 형태인 문학상 수상 연설이나 신문 사설을 통한 목소리는 지속해서 내고 있다. 2009년 일본과 중국의 영토 분쟁 지역인 센카쿠 열도 관련하여 이례적으로 아사히 신문에 사설을 내서 정치인들의 값싼 술의 취기에 의해 주장하는 선언들로 인해 동아시아 내에서의 문화적 교류가 되는 영혼의 길이 막혀버리면 안 된다고 소리를 냈다.

단편 「중국행 슬로보트」의 마지막 '중국이 재로 변해 도쿄를 덮는다.'라는 문장은 일본의 잘못된 과거에 의해 희생된 사람들의 영혼을 '재'로 표현한 것이라고 볼 수 있을 것이다. 그들의 영혼, 그들의 의식과 그들의 절규가 지금 하루키가 작가 생활을 시작한 도쿄에 뿌려졌다. 하루키는 이 첫 단편을 통해 도쿄에 뿌려진 재의 무게와 중압감을 느끼며, 과거의 잘못을 반성할 줄 아는 역사적인 인식을 이어나가려는 의지를 보인다. 세 번에 걸쳐 만난 중국인들에게 표한 '나'의 방관자로서의 태도에 사과의 말을 전하며 천천히 다시 그들에게 다가가려 한다. 이 일은 'On A Slow Boat To China'의 의미처럼 '매우 오랜 시간이 걸리는 일'이고 그런 그의 작업은 여전히 진행 중이다.

도넛 구멍은 공백인가, 존재인가.

도넛

1950년 미국 매사추세츠에서 영업을 시작한 〈던킨도너츠〉는 경제 호황의 정점을 지나고 있던 1970년 일본 도쿄 긴자에 첫 매장을 오픈했다. 같은 해에 KFC와 맥도날드 등 미국 프랜차이즈가 일본에 본격적으로 진출하였고, 〈던킨도너츠〉에서 일하던 해리 위코가 창업한 〈미스터 도넛〉도 뒤따라 오픈하였다. 1960년대부터 시작된 미국 문화의 황금기 속에 건너온 도넛은 부드러운 식감과 달콤한 맛으로 일본인들이 사랑하는 디저트로 정착했다.

〈던킨도너츠〉가 도쿄에서 영업을 시작한 2년 뒤인 1972년부터 도쿄에서 생활을 시작한 하루키는 도쿄에 오자마자 전설적인 재즈바 〈Pit Inn〉의 단골이 되었고, 레코드숍 등 이런저런 아르바이트도 하며 당시 융성했던 재즈를 비롯한 미국 문화를 적극 향유했다. 연극영화과 전공이었던 그는 시나리오 공부를 하며 미국 영화와 각종 시나리오를 섭렵하기도 했다.

학창 시절부터 봐온 미국 소설, 영화, TV 드라마 속 주인공들이 먹던 도넛을 일본에서 직접 먹어보고 비현실감을 느꼈을지까지는 알 수 없지만, 그 달콤하고 바삭한 도넛이 따뜻한 커피에 무기력하지만 운명을 순전히 받아들인다는 듯이 녹아드는 맛에 하루키도 빠져들지 않을 수 없었을 것이다. 하루키의 도넛 사랑은 계속되어서 〈던킨도너츠〉가 탄생한 매사추세츠의 터프츠 대학 체류 시절에는 매일 아침 던킨도너츠와 커피를 테이크아웃해서 출근했다고 한다.

하루키는 소설을 처음 쓰기로 결심했을 때, 기존 일본 전통으로부터 탈피하여 당대의 이념이나 사회 의식적인 소설을 써야 한다는 분위기를 따르지 않고 새로운 소설을 써보겠다는 야심에 차 있었다. 이런 그의 계획에 도넛이 적절한 시기에 적당 이상의 수준의 맛과 함께 등장하여 하루키를 사로잡았다. 도넛은 하루키의 소설 속에서 미국 문화의 상징으로써 그 어디도 아닌 가상의 도시를 상징하는 표식으로 기능하기 시작했으며, 기존 체계를 벗어나고자 했던 그의 의도가 작동되도록 도와주었다. 그의 소설 속 주인공들은 도시를 배회하며 상실된 것을 찾아가는 여정 속에서 고독하게 도넛을 베어 문다. 초기작에서 그가 묘사하는 도쿄는 실재하는 도쿄가 아니라 단지 화려하지만 어두운 하나의 도시일 뿐이었고, 도넛은 그 비현실적인 하루키 월드를 구성하는 초기의 중요한 메타포가 되었다.

> "이야기를 만들기 위해 매우 인공적이고 이상하고 낯선 거리가 필요했고 그렇게 독자들은 여전히 제가 묘사하는 것들을 비현실적인 세계라고 받아들이죠. 전 6년 전에 이미 던킨도너츠를 소설 『댄스 댄스 댄스』에 등장시켰고, 그것은 블레이드 러너와 같은 장소를 창조하도록 도와줬답니다."◆

◆ 미국 잡지 밤브(BOMB) 인터뷰 (1994, 인터뷰어: 존 웨슬리 하딩)

도넛이 하루키의 소설에 처음 등장하는 것은, 〈던킨도너츠〉가 도쿄에서 영업을 시작한 지 8년이 되던 1979년 완성한 데뷔소설

『바람의 노래를 들어라』다. 말수가 없는 주인공 '나'를 걱정한 부모님이 병원에 보내 의사와 상담을 하는 자리에서, 품위 있어 보이는 중년 부인이 도넛 2개와 주스를 내준다. '나'는 도넛 반 정도와 주스를 모두 마시고 멈춰진 목 시계를 차고 있는 산양에 관한 이야기를 듣게 되는데, 산양은 '나', 멈춰진 시계는 '나'의 마음, 새 시계를 선물한 토끼는 의사 자신이라는 얘기를 듣는다. 말수가 적다는 이유로 처음 가게 된 병원은 경계의 대상이 되었고, 품위 있어 보이는 여성이 내어 준 도넛도 어딘가 의심스러워 보이는 묘한 분위기다. 결국 '나'는 도넛의 반을 먹으며 비현실적인 세계에 발을 들인다. 이것이 최초로 하루키 주인공이 현실을 벗어나 비현실 세계로 가는 체험이었고, 그렇게 주인공 '나'는 새끼손가락이 잘려 손가락이 4개인 소녀를 만나게 된다.

실제로 도넛은 초기 쥐 3부작에 등장했다가, 리얼리즘 장르에 본격적으로 도전했던 소설 『노르웨이의 숲』에는 단 한 번도 등장하지 않는다. 『노르웨이의 숲』에도 다양한 음식과 빵이 등장하지만, 도넛만은 등장하지 않는다. 혼자 고독을 즐기는 와타나베도 커피와 치즈버거를 먹고 샌드위치를 먹을 뿐이다. 그 이후 쓴 쥐 3부작과 이어지는 종결 편인 『댄스 댄스 댄스』에 도넛이 다시 등장하는데, 기억 속의 돌핀 호텔을 찾아 나선 주인공 '나'는 삿포로에서 〈던킨도너츠〉에 들어가 도넛과 커피를 먹는다. 호텔 조식보다 낫고, 리필까지 된다고 상세하게 언급하며 개인적인 애정을 표현한다. 이후 『태엽 감는 새 연대기』에서는 주인공 '나'가 신주쿠역에서 사람들의 머리숱을 조사하며 먹는 음식으로 다시 도넛이 등장한다. 그러면서 아카사카 너그메트가 접근하며 '나' 역시 이상한 세계로 들어간다. 두 번째 장편 『양을 쫓는 모험』에는 도넛에 대한 유명한 문장이 등장한다.

> "도넛 구멍을 공백으로 받아들이냐, 아니면 존재로 받아들이냐는 어디까지나 형이상학적인 문제이며, 그로 인해서 딱히 도넛 맛이 변할 리는 없다."

『양사나이의 크리스마스』에서 양사나이는 12월 24일 구멍 뚫린 도넛을 먹고 저주에 걸린다. 저주에 걸린 양사나이는 양박사로부터 구멍으로 직접 들어가야 저주가 풀린다는 말을 듣고 그대로 행한다. 도넛 구멍은 공백이지만 분명히 존재하고 있다. 그렇기에 도넛 구멍을 제외하고 먹는 것도 가능하고, 구멍을 제외한 부분을 다 먹었다고 해서 도넛 구멍이 사라지는 것은 아니다. 도넛 구멍은 항상 있고 어디에나 있다. 위험하게 느껴 피하고 싶지만, 피할 수 없는 곳. 즉 우리가 모두 가지고 있는 영혼과 의식의 세계라고 할 수 있다.

도넛 구멍은 하루키에게 자기 내면으로 들어가는 통로로 하나의 메타포이고, 이후 하루키 소설에 등장하는 우물과도 상응한다고 할 수 있다. 도넛의 구멍은 주인공과 독자들이 다른 세계로 통과하게 만드는 최초의 '하루키 문학'적 이동 수단이라고 볼 수 있지 않을까. 그런 의미에서 도넛의 공백은 명백하게 존재한다고 볼 수 있다. 도넛 구멍은 물론 어두운 세계이지만, 우리가 해결해야 할 문제의 대부분은 그 구멍, 곧 각자의 내면으로 들어갈 수 있어야 마주할 수 있다. 그래야 재생하고 회복할 수 있다. 저주를 풀기 위해 구멍으로 직접 들어간 양사나이에게 행복한 반전이 있는 것처럼 말이다.

〈던킨도너츠〉는 1998년 일본에서 철수했다. 하루키는 에세이의 추신을 통해 아쉬움을 표하기도 했는데, 그가 작가로서의 한 세대가 마무리되었다는 감상을 가질 만한 일이었다. 그 이후 하루키 작품에서 도넛은 찾아보기 힘들다. 직후 쓰인 장편 『해변의 카프카』에서도 카프카 소년은 마가린을 바른 식빵을 먹거나, 흰 빵에 연어와 크레송을 넣은 샌드위치를 이따금 만들어 먹을 뿐이다.

"갓 튀겨낸 도넛은 색깔이며 향기며 씹었을 때 바삭한 식감이며, 뭔가 사람을 격려하는 듯한 선의로 가득 차 있다."◆

◆ 「저녁 무렵에 면도하기」(2003)

도넛에 대해 이렇다 저렇다 의미를 찾는 것이 크게 중요하지 않을 수 있다. 독자들 모두가 받아들이는 게 다를 테고, 각자 이해한 대로 하루키의 소설을 읽어도 아무런 문제가 없다. 그것은 하루키 본인도 바라는 바이다. 그저 하루키가 남긴 도넛에 대한 찬사를 따라, 도넛과 따뜻한 커피와 그의 소설을 계속 함께 읽을 수만 있다면 더 바랄 것이 없다.

거짓말 같은 장면을 지나
진짜 장면을 찾아서.

매직 리얼리즘

세계에 대해 현실적인 시각으로 접근하면서도 마법적인 요소를 적용하여 현실과 비현실의 경계를 모호하게 만드는 예술적 표현 기법을 말하는 '매직 리얼리즘'은 1920년대 독일 미술 평론가 프란츠 로가 처음 사용하기 시작했다. 당시에는 미술 작품 기법의 하나로 여겨졌는데, 1950년대부터 유럽에서 체류하고 있던 콜롬비아 작가 가브리엘 가르시아 마르케스가 콜롬비아 정부의 부패와 독재에 대항하며 민중의 삶을 풀어낸 1967년 작품 『백년의 고독』을 통해 매직 리얼리즘 기법을 문학 작품에 처음 사용하였다. 그의 작업은 노벨 위원회로부터도 인정받아 1982년 노벨문학상을 수상하기도 하였다. 중학교 때부터 엄청난 독서량을 자랑한 하루키의 독서리스트에도 러시아와 유럽, 미국 소설과 함께 남미 콜롬비아의 매직 리얼리즘 선구자 가브리엘 가르시아 마르케스도 있었다.

> "저는 콜롬비아 작가인 가브리엘 가르시아 마르케스와 아르헨티나의 마누엘 푸익, 호르헤 루이스 보르헤스의 팬이에요. 청소년 시절 그들의 남미 문학이 저희 희망을 채워주었답니다."◆

◆ 에콰도르 문학의 밤 행사 (2018, 인터뷰어: 라울 페레스 토레즈 장관)

해외 언론과 많은 인터뷰를 해 온 하루키가 많이 받는 질문 중 하나가 작품의 장르를 어떻게 정의할지에 관련된 질문이다. 그의 작품 역시 현실과 비현실이 뒤섞이며 환상적인 스토리가 시종일관 이어지는, 현재 정의된 장르의 구분으로 보자면 역시 '매직 리얼리즘'이라는 장르에 속한다고 보는 것이 일반적이다. 하지만 하루키는 마르케스의 작업은 그에게 있어서는 리얼한 세계였을 것이고, 자신의 작업 역시 그와는 조금 다르지만, 현실과 비현실 모두 진짜 세계라고 이야기한다.

> "전, 마르케스의 작품이 매직 리얼리즘이라고 생각하지는 않아요. 그것은 단지 그의 스타일일 뿐이에요. 마르케스는 그가 속해 있는 세계를 매우 자연스럽게 그리고 리얼하게 그리고 있는 것뿐이라고 생각해요. 마찬가지로 소설을 쓸 때면 저만의 리얼 월드 속에서 이야기를 진행하게 되는데, 그 안에서 무언가 예측 불가능한 일이 일어나면, 그게 바로 제대로 된 진짜 세계를 그리고 있는지 반증해 주는 일이 되는 겁니다. 일이 잘 진행되고 있다고 봐도 되는 거죠. 제 초기 작품에서는 양사나이가 자주 등장했는데, 그는 작가인 저에게 있어서는 '진짜'였어요. 상징적인 의미도 은유적인 의미도 아닌 오로지 저와 양사나이가 대면하는 겁니다."◆

◆ 영국 데일리 텔레그래프(The Daily Telegraph) 인터뷰(2014)

하루키가 얘기하는 매직 리얼리즘에 대한 이해는 2010년 뉴욕타임스에 기고한, 「혼돈의 세계 작가의 역할」이란 글에서도 힌트를 얻을 수 있다. 2001년 9.11 테러가 일어난 지금 우리가 실제로 사는 세계가 '리얼리티 A'이고, 9.11 테러와 같은 믿을 수 없는 사건이 일어나지 않은 세계를 '리얼리티 B'라고 할 때, '리얼리티 B'의 세계가 '리얼리티 A'보다 더 합리적이고 이상적인 세계일 것이라는 추론이 가능하다. 다르게 표현하면, 지금 우리가 사는 세계는 우리가 추구하고자 하는 이상향의 '리얼리티 B' 곧 비현실의 세계보다 더 낮은 레벨의 '현실' 세계인 것이다. 하루키는 이것이야말로 '혼돈'의 세계라고 정의하며, 이런 상황 속에서 작가의 역할에 대한 고민을 계속해 오고 있다고 고백한다. 그야말로 일반적으로 얘기하는 '현실'과 '비현실'이 뒤섞인 것이다. '비현실'이 '현실'인 지금을 살아가는 것이, 하루키가 기본적으로 소설을 쓰는 지금 세계의 시점인 것으로 이상적인 현실은 이제 더는 존재하지 않는다. 막연한 이상향이야말로 가장 위험한 것이고 현실을 직시하고 고민하고 대항해야 한다고 외친다.

가르시아 마르케스가 그렸던 매직 리얼리즘은 현실 세계의 탄탄한 묘사를 바탕으로 진짜 현실을 얘기한다면, 하루키의 작업은 그 현실이 현실이 아니라 더 낮은 레벨의 '리얼리티 A'가 현실이라는 것을 인식하고 있는 이야기라는 것이다. 이렇게 뒤바뀐 세계 속에서 다시 진짜를 찾아가는 것이 하루키의 작업이다. 혼돈의 세계에서 여기저기서 외치는 선언, 모토, 이즘(ism)들은 믿을 수 없으며, 진짜는 우리가 정말 리얼하다고 확신할 수 있는 나 자신밖에 없다고 이야기하고 있다. 자신의 내면으로 들어가서 나 자신부터 다시 세워나가야 한다고 줄곧 얘기하고 있다.

"제 이야기가 진짜인 척하지 않는다는 뜻입니다. 우리는 지금 거짓 세계에 살고, 거짓 이브닝뉴스를 봅니다. 그러고는 거짓 전쟁 속에서 싸웁니다. (중략) 그러나 우리는 이 거짓 세계에서 리얼리티를 찾으려고 합니다. 따라서 우리가 추구하는 이야기는 동일한 것이죠. 우리는 거짓말 같은 허구의 장면을 지나면서, 진짜의 장면을 찾아냅니다. 이 상황이 바로 리얼이며, 같은 의미에서 커미트먼트라고 할 수 있죠. 바로 이것이 제가 쓰고 싶은 것입니다."◆

◆ 미국 잡지 파리 리뷰(The Paris Review) 인터뷰(2004)

하루키는 자신의 작업이 기존의 매직 리얼리즘과는 다르다고 설명하면서, 자신의 작업을 기존에 정해진 어떤 ism으로 구분하는 것을 원하지 않는다고 말했다. 새로운 이야기를 받아들이게 될 독자들이 편견에 사로잡히지 않길 원했던 것이다. 이렇듯 현실에 대한 인식의 출발점이 다르지만, 비현실이 함께 공존하는 이야기인 것은 가르시아 마르케스의 작업과 동일하다. 최근작 『도시와 그 불확실한 벽』에서 하루키는 커피숍의 그녀를 통해 가르시아 마르케스의 작업 의미를 독자들에게 알려주며 자신의 작업도 일면 그의 작업과 동일하다고 이야기하였다. 그러면서 독자들이 자신이 펼쳐 놓은 이야기 속으로 들어와 자유롭게 유영하게 한다.

"가르시아 마르케스, 산 자와 죽은 자의 경계가 필요하지 않았던 콜롬비아의 소설가. 무엇이 현실이고, 무엇이 현실이 아닌가? 아니, 애당초 현실과 비현실을 구분 짓는 벽 같은 것이 이 세계에 실제로 존재하는가?"

하루키가 말하는 벽은 의미가 없는 존재가 맞지만, 여전히 독자들의 마음속에는 존재할지 모른다. 결국 하루키가 얘기하는 것은 이런 독자의 마음속에 있는 벽을 허물어 자유롭게 하루키가 펼치는 이야기에 들어와 이쪽과 저쪽을 왕래해달라는 것이다. 어떤 장르 혹은 ism에 대한 정의가 아니라 독자들이 계속해서 앞으로 전개될 이야기가 궁금해서 계속 페이지를 넘기게 되는 '페이지 터너'로서의 이야기이자, '현실이냐 비현실이냐'를 따질 필요 없이 오롯이 독자가 받아들여지는 각자의 상황에 맞게 이해하면 되는 이야기이다. 어떻게 받아들일지는 단지 독자의 선택의 문제인 것이다.

그림자와 함께 살아가며
제 안에 있는 어둠을 관찰하는 법.

그림자

하루키는 2017년 자전적 에세이 『달리기를 말할 때 내가 하고 싶은 이야기』를 통해 자신의 무덤 명을 '적어도 끝까지 걷지는 않았다'로 정했다. 그의 영웅인 스콧 피츠제럴드처럼 작품 속 문장◆을 발췌한 것 아니라 자신이 직접 정한 것이 그닥게 유쾌한 면이 있다고 생각될 수도 있지만, 글의 앞뒤 문맥을 보면 진지하다 못해 비장함까지 느껴진다. 하루키는 작가 데뷔부터 꾸준하게 달리기를 하며 신체 단련을 게을리하지 않고 있는데, 그에 대한 직접적인 언급일 수도 있겠지만 그가 계속 달렸던 이유가 독자들에게 계속 이야기를 들려주기 위했던 것임을 볼 때, 중의적인 의미로서도 적절한 묘비명이다. 이런 하루키에게 쓰고 싶은 묘비명이 하나 더 생긴 것은 그로부터 2년 뒤이다.

◆ 그렇게 우리는 앞으로 나갈 것이다. 조류를 거슬러 올라가는 배처럼, 끊임없이 과거로 밀쳐지면서 - 『위대한 개츠비』

하루키는 지금까지 전 세계의 재단이나 언론에서 제정한 문학상을 많이 받았다. 대표적인 상으로 이스라엘-팔레스타인 분쟁이 격화되었던 2009년 예루살렘상 수상부터 그의 문학 영웅 프란츠 카프카를 기념하는 카프카상, 카탈루냐 국제상, 벨트 문학상, 라트 그린잔 문학상, 스페인의 노벨문학상으로 불리는 아스투리아스 공주상 등이 있다. 시상식에 참석하여 수상 연설을 할 때면 항상 당시의 국제사회 혹은 자국의 정치 사회적인 문제를 언급하며 본업인 소설로는 할 수 없는 비교적 민감하고 무거운 화두를 던져왔다. 국내에서는 미처 발신하지 못하는 이슈를 국제무대에서 널리 언급하여 자국에 일종의 환기 작용을 하기 위함으로 여겨지고는 한다.

강력한 시스템(보통은 국가)에 의한 폭력의 위험성과 시스템 유지를 위해 필요한 효율성만 추구하는 원전 정책, 자국의 역사 왜곡 문제 등의 발언을 이어 오고 있다. 2016년 가을 덴마크 오덴세에서 열린 시상식에 참석한 하루키는 낭독회부터, 안데르센 생가 방문, 만찬 참석 등 큰 환대 속에 행사를 치렀다. 오덴세 시청에서 개최된 수상식 당일에는 안데르센의 작품 『그림자』의 이야기로 시작하는, '그림자의 의미'라는 제목의 연설을 했다. 낯선 땅을 여행 중에 자신의 그림자와 떨어지게 된 젊은 학자가 새 그림자를 만들어 내어 집으로 돌아오지만, 어느 날 떨어졌던 그림자가 자신보다 더 명성을 떨치는 존재가 되어 집으로 돌아온다. 결국 그림자가 자신의 삶을 살게 되고 그림자에게 죽임을 당하며 존재를 부정당하는 이야기이다.

하루키는 이 연설에서 '그림자'의 의미를 자신의 부정적인, 숨기고 싶어 하는 부분으로 정의한다. 자신의 '그림자'를 인정하고 받아들이지 않으면 결국 자신의 부정적인 면이 치명적인 독이 되어 돌아올 것이라는 이야기이다. 이것은 단도직입적으로 자국 일본의 어두운 침략의 역사를 수정하면 안 된다고까지 언급한다.

"때때로 우리는 그림자, 즉 부정적인 부분에서 우리의 시선을 피하는 경향이 있습니다. 아니면 이러한 측면을 인위적으로, 강제적으로 제거하려고 합니다. 사람들 혹은 사회, 국가는 가능한 한 어둡고 부정적인 면을 피하고 싶어 하기 때문이죠. 하지만 모두가 알고 있듯이, 우리가 견고하게 입체적인 상태가 되려면, 그림자가 반드시 있어야 합니다. (중략) 아무리 벽을 높게 쌓아 외부 침입자를 막아보려 해도, 아무리 외부인들을 엄격히 제재하려고 해도, 아무리 역사를 다시 써서 우리에 맞게 수정하려 해도 종국에는 우리 스스로 상처 입고 가슴 아파하는 일이 생길 것입니다. 우리는 참을성 있게 그림자와 함께 살아가는 법을 배워야 합니다. 그리고 동시에 자신 안에 있는 어둠을 관찰해야 합니다. (중략) 그렇지 않으면 머지않아, 당신의 그림자는 당신이 깨닫지 못한 사이에 더 강해져서, 어느 날 밤 당신에게 돌아와 노크하며 '내가 돌아왔어요.'라고 속삭일 것입니다."◆

◆ 한스 크리스티안 안데르센 문학상(Hans Christian Andersen Literature Award) 수상 연설(2016, 덴마크 오덴세)

역사는 '집단의 기억(collective memories)'이라고 생각하는 하루키는 2008년 한 인터뷰◆에서 역사에 관한 책을 즐겨 읽어 온 것을 얘기하며 2차 세계대전에 대해 관심이 많고, 전쟁이 끝난 1949년에 태어났지만, 작가로서 그 전쟁에 대한 어떤 종류의 책임 의식이 자신 안에 있다는 것을 느낀다고 밝혔다.

◆ 미국 샌프란시스코게이트(SFGate) 인터뷰(2008)

자신을 역사 문제에는 관심 없는 라이트 노벨이나 쓰는 작가로 인식하는 비평가들에게 위안부 문제나 난징 대학살 문제에도 작가로서 책임 의식이 있다고 분명하게 짚으며 그런 전쟁 중에 일어난 잔혹한 일들에 대해 소설을 쓰고 싶다고 이야기하기도 했다. 하루키는 같은 해 발표된 『1Q84』의 주인공 덴고의 입을 빌려 역사의 왜곡에 대한 위험성을 경고하였다.

> "올바른 역사를 박탈하는 것은 인격 일부를 빼앗는 것과 똑같은 일이지. 그건 범죄야. 우리의 기억은 개인적인 기억과 집단의 기억이 합쳐져 만들어지는 거야. 그 두 가지 기억은 서로 밀접하게 얽혀 있지. 그리고 역사라는 건 집단의 기억을 말하는 거야. 그것을 빼앗으면 혹은 고쳐 쓰면 우리는 정당한 인격을 유지할 수 없어."

덴고의 입을 빌린 소설 속 문장이 작품 밖으로 얼마만큼 메시지를 발신했는지 평가는 갈릴 수 있겠지만, 적어도 작품 속에 녹이기 위해 노력을 한 것은 사실이다. 하루키는 2019년 아버지가 돌아가신 지 11년 만에 1930년대 후반 군 징집 시절의 일을 소상히 조사하여 「고양이를 버리다」란 글을 문예춘추에 게재한다. 처음에는 단행본 계획이 없었지만, 다른 글과 같이 엮기는 힘들어 별도의 단행본으로 발행되었고, 하나의 글이 하나의 책이 되면서 그 임팩트는 더욱 강해지게 되었다.

『고양이를 버리다』를 통해 일본의 침략 역사에 대한 수정주의가 부각되는 데에 대한 위기감을 강하게 표출한 하루키는, '역사는 흐른다'라는 대명제를 깊게 고민해 왔다. 개인은 역사적 우연의 산물이라 말하며 하루키 본인 역시 그 거대한 역사 속에 작은 하나의 빗방울로서 아버지의 트라우마를 계승하였고, 이런 어두운 그림자와 같은 전쟁의 기억은 계속 물려주어야 한다고 주장한다. 이런 의미에서 같은 해 라트 그린잔 문학상 수상 인터뷰를 통해 밝혀진 하루키의 또 다른 묘비명이 바로 '단 하나의 존재로서의 빗방울'이다. 역사를 계승하고 잊지 않기 위해 애쓰고 있는 자신을 정의하는 단 하나의 문장으로, 계속하여 계승되지 않는 역사는 의미가 없다고 주장하고 있다.

『고양이를 버리다』의 저자 후기인 「역사의 작은 한 조각」을 통해 '역사는 과거의 것이 아니다. 역사는 의식의 안쪽에서 또는 무의식의 안쪽에서, 온기를 지니고 살아있는 피가 되어 흐르다 다음 세대로 옮겨가는 것이다.'라고 남겼다. 자녀가 없는 하루키는 이렇게 다음 세대로 옮겨가는 작업을 소설을 통해서 하는 것에 한계를 느꼈는지, 이듬해 요미우리 신문 고등학교 기자단과 만나 이야기를 전하며 다음 세대와 소통하고 직접적으로 후대에 메시지를 전달하는 의식을 수행하기에 이르렀다.

"『고양이를 버리다』를 통해 전쟁의 체험을 얘기하는 것이 터부시되었던, 우리 세대를 넘어서 이제 후배 세대에는 이 경험을 전달하고 싶었습니다. 저와 아버지 세대에는 전쟁이 '악'이라는 생각이었지만, 지금은 전쟁 자체는 그다지 나쁜 것은 아니었다고 생각하거나 심지어 미화하는 사람도 나오고 있습니다. 그것은 정말 위험한 것이고, 저는 이런 현상에 대해서 어떻게든 작가로서 무언가를 해야 한다고 생각하고 있답니다. 『고양이를 버리다』는 그 일환의 작업이라고 생각합니다."*

* 일본 요미우리(読売新聞) 고교 기자단 인터뷰(2020)

하루키는 지금 일본 사회에서 역사 인식에 관해 이야기하는 것은 다루기 쉽지 않고 위험한 행동이라는 것을 잘 알고 있다. 하지만, 이런 때일수록 후대에 올바른 역사 인식을 전해야 하는 사명감이 선배 세대에 있다고 반복적으로 얘기하고 있다. 역사적 책임의식이 있는 그의 일련의 작업들이 결코 가볍지 않음을 느낄 수 있다.

상상의 힘을 믿고 벽에 맞서라.

벽

여름 방학을 맞아 오사카와 고베의 두 도시 사이에 있는 고향 한신칸에 돌아와 친구 '쥐'와 제이스바에서 맥주를 들이부으며, 무미건조한 고향의 정경과 시대의 불합리에 관해 얘기하는 주인공 '나'는 8월의 그 여름에 차를 운전하며 마을 풍경을 천천히 스쳐 지나간다.

"바다로부터 산을 향해서 뻗은 비참할 정도로 좁고 긴 거리다. 강과 테니스 코트, 골프 코스, 즐비하게 늘어선 넓은 저택, 벽 그리고 벽, 몇 개의 아담한 레스토랑, 고급 의상실, 낡은 도서관, 달맞이꽃이 무성한 들판, 원숭이 우리가 있는 공원, 거리는 언제나 똑같았다."◆

◆ 『바람의 노래를 들어라』(1979)

하루키의 작품 속에 '벽'이 처음 등장하는 장면이다. '벽 그리고 벽'의 의미는 직접적으로는 집과 집 사이의 담이나 건물 자체의 벽을 얘기하는 것이겠지만, 무심코 관조하는 듯한 표현 속 하루키의 마음 한편에는 '벽'이라는 존재가 묵직하게 들어앉았다. 작가 초기 시절, 아니 작가가 되기 전부터 무거운 추가 들어있는 듯 자리 잡고 있던 벽은 어린 시절 부모님으로부터 느꼈던 벽, 부자와 가난한 자의 벽, 친구들과의 오해가 쌓인 벽, 연애 끝의 헤어짐에서 오는 차단된 감정, 세상을 떠난 이들로부터 오는 이 세계와 저 세계 사이의 단절된 벽 등으로 나타났을 것이다. 이렇게 켜켜이 쌓인 감정들이 무더운 여름날 무심한 고향 정경을 보며 천천히 일었을지도 모른다. 하루키가 말하는 벽은 실제 벽이기도 하고 은유적인 마음의 벽이기도 하다.

하루키는 원래 얼마간의 폐소 공포증이 있다고 인터뷰를 통해 밝혔는데, 비좁은 공간에 있으면 패닉이 올 수도 있다고 이야기하면서 '벽'에 대한 이미지를 자주 생각해 왔다고 고백했다. 또 다른 인터뷰에서는 고소 공포증에 관한 이야기를 하면서 어린 시절 집 앞의 물구덩이에 빠져 죽을 뻔한 경험과 그때부터 죽음과 어두운 공간 대한 막연한 두려움이 생겼을지도 모르겠다고 이야기하기도 했다.

하루키는 자신의 소설 작업을 '치유의 과정'이라고 자주 언급한다. 이야기는 일종의 치유고, 독자가 좋은 이야기를 읽는다면 치유가 될 것이라고 믿고 있다. 소설 속 주인공들이 각자의 이야기를 서로에게 들려주면서 치유 받고, 그 이야기를 쓰는 작가 자신도 그 과정을 통해 독자와 함께 치유를 받으려고 노력하는 것이다. 어린 시절에 느꼈던 막막한 어두움과 벽에 대한 이미지를 소설 속에 등장시키며 주인공들과 함께 그 벽에 대한 두려움을 극복하고자 하는 것이 하루키의 작가로서의 작업 그 자체일 것이다.

두 번째 장편 『1973년의 핀볼』을 완성한 직후 출판사의 의뢰로 『도시와 그 불확실한 벽』의 집필을 했지만 스스로 불완전한, 미완의 이야기라고 평가했다. 이 이야기에서 벽이 본격 등장하는데,

벽으로 둘러싸인 세계와 그 속에 혼재된 인간의 잠재의식과 기억의 혼란스러움을 그린다. 당시에는 하루키 자신도 벽의 의미에 대해서 구체적으로 그릴 수 없었기에 미완이라고 느꼈던 것이 아닐까. 그 후 14년 뒤 『태엽 감는 새 연대기』를 통해 하루키 자신도 자신의 작품 세계에 있어 매우 중요한 사건이었다고 고백한 벽을 통과하는 개념이 처음 등장했다. 주인공이 우물 바닥에 내려가 돌벽을 빠져나가는 행위는 자신이 실제로 우물을 빠져나가는 실감을 가지고 유추한 것이기도 하다. 현재의 주인공이 과거의 역사적인 사건의 당사자가 겪은 일을 그대로 겪는, 공간과 시간을 이동하는 시선을 획득했다는 점에서 소설적 상상력을 해방시킨 작가로서 아주 큰 사건이었다.

하루키의 벽은 그의 소설이 다루는 이야기의 확장성에 따라 서서히 그 역할도 확장되었다. 필요에 의해 형태를 바꾸며 더 강력해지고 무서워지는 『도시와 그 불확실한 벽』에서 묘사하는 '불확실한 벽'이라는 의미와도 상통한다. 그렇게 40여 년이 흐른 뒤 변해온 벽에 대한 의미를 하루키는 이렇게 이야기했다.

> "제 안에서 조금씩 '벽'이라고 하는 것이 실제로 움직이고 변화해 왔다는 느낌이에요. 특별히 코로나19라든지 전쟁을 의식해서 썼다기보다는 순수한 마음으로 예전에 썼던 이야기를 다시 썼을 뿐이지만, 결국 다 쓰고 보니 지금의 시대에 쓰도록 써온 것일까 하는 생각도 드네요. 결과론이지만 그런 생각

도 듭니다."◆

◆ 일본 마이니치(毎日新聞) 웰즐리대 체류 인터뷰(2023)

40여 년의 시간 동안 하루키가 말하는 벽은 다양한 사건을 통해 무너지기도 하고 다시 다른 벽이 쌓아지는 것을 반복했다. 물리적인 힘으로 실제 벽을 무너뜨릴 수도 있고, 눈에 보이지 않는 의식의 벽을 의미할 수도 있다. 민족의 벽, 종교의 벽, 편협과 불관용의 벽, 근본주의의 벽, 탐욕과 두려움의 벽 등 지금도 어디선가 예상치 못한 벽이 계속 생겨나고 있다고 탄식하는 하루키는 정말 우리는 이런 벽들이 없이는 못 사는 것인지 반문하기도 한다. 벽은 맞서서 싸워 무너뜨리지 않으면 안 되는 존재인 것이다.

2008년 예루살렘 상 수상 연설에서는 벽이라는 국가 시스템에 맞서는 달걀로서 개인의 주체성에 대해 피력하였고, 2014년 벨트 문학상 수상 연설에서는 '상상의 힘을 믿고 벽에 맞서라'라는 타이틀의 연설로 전 세계 독자들에게 작은 울림을 주었다. 이 연설에서 소설가는 의식과 무의식의 벽을 뚫고 지나다니며 반대쪽에 있는 세계를 탐험하고, 자신들의 세계로 다시 돌아와 자신이 본 것들을 이야기로 승화시켜야 한다고 말했다. 이것이 하루키가 말하는 소설가의 일이다. 독자가 어떤 이야기를 읽고 감동하였다면 그 독자는 작가가 이끄는 대로 그 벽을 뚫고 나갔다 왔다고 말할 수 있다. 이런 경험을 하나하나 쌓아가는 독자들이 많아질수록 그 벽은 더 쉽게 무너질 것이라고 이야기한다.

하루키는 그렇게 굳건히 세워진 벽을 뚫고 경계를 넘어, 우리가 상상하는 세계로 자유로운 여행을 할 수 있도록 40년 넘는 세월 동안 가이드 역할을 성실하게 묵묵히 수행하고 있다. 물론 그도 이 세계의 어둡고 불합리하게 세워진 벽을 문학의 힘만으로, 이야기의 힘만으로 없애기가 어렵다는 것을 잘 알고 있다. 하지만 우리에게는 '어떤 국가도 어떤 종교도 없는' 벽이 사라진 세상을 상상할 수 있다고 노래한 존 레넌의 〈Imagine〉의 가사처럼 '불확실한 벽'을 허무는 상상을 할 수 있는 자유로운 힘이 있다. 하루키의 소설은 여전히 필요하지만, 그의 가이드는 더는 필요 없는 세상을 꿈꿔 본다.

어둡고 불확실한 세계 속에서
구원을 주는 일종의 토템.

러브 스토리

하루키는 일찌감치 운명적인 상대를 만나 사랑을 느끼고 어떤 이유로 함께하지 못해 그리워하며 갈망하는 '뜨거운 열정'이 에너지원이 되는 피츠제럴드의 이야기에 매료되었다. 그의 작품을 애독하고 직접 번역하면서, 그런 뜨거운 무언가가 사람의 마음에 계속 남아있는 이야기를 계속하고 싶다고 생각했다. 하지만 갈구하는 대상을 얻었을 때 이미 그 대상은 빛을 잃어 가는 상태이다. 하루키는 이렇게 강렬하게 원하는 마음과 뒤이어지는 허망한 슬픔이 극과 극으로 치열하게 대립하는 뜨거운 이야기를 그리고 싶었다. 사람의 마음에서 일어나는 이런 형태의 일들이 하루키에게는 중요한 일이었고, 40년 넘게 소설을 쓰고 번역하면서 많은 작가로부터 이런 사람의 마음에 관해 쓰는 것을 배웠다. 하루키는 항상 누군가를 사랑한다는 감정, 그 뜨겁고 원초적인 것에 관해 쓰고자 하였다.

1979년 첫 장편을 쓴 후 두 번째 장편을 쓰기 전, 단편을 의욕적으로 쓴 이 시기의 단편이 작가 본인이 하고자 했던 이야기들의 집대성이라고 볼 수 있다. 첫 단편 「중국행 슬로보트」가 중국과의 역사적인 관계에 대한 반성과 용서의 메시지를 담고 있다면, 7번째 단편이자 하루키가 데뷔하고 처음으로 사랑에 관한 이야기를 쓴 작품인 「4월의 어느 맑은 아침에 100%의 여자를 만나는 것에 대하여」는 제목부터 따뜻하고 아름다운 정경이 그려지는 이야기로, 도쿄 야마노테선 철도의 한 광고로부터 착안한 100% 순수한 사랑 이야기다.

4월의 어느 날 도쿄 하라주쿠 뒷골목에서 100%인 여자를 마주친 주인공은 가슴이 불규칙하게 떨리고, 입안이 사막처럼 바싹바싹 타들어 가서 말을 걸어 보고 싶지만 결국 그러지 못한 채 스쳐 지나가고 만다. 어떤 사연이 있는지, 그래서 두 사람은 어떻게 된 건지 아무런 암시도 없이 이야기는 끝난다. 100%의 여자를 알아보는, 첫눈에 반하는 상대를 본 뜨겁고 리얼한 감정이 잘 담겨 있는 이 단편은 전 세계 많은 독자가 좋아하는 이야기다. 지금까지 여러 편의 영화로 만들어졌고, 계속해서 의뢰가 들어와서 더는 받지 않을 정도라고 한다. 이 이야기의 중심은 '사랑'이다. 100%의 사랑. 100%라는 말은 '확신'이라는 의미이다. 사랑이라는 감정에 대한 확신은 곧 하루키 소설 속 주인공들에게 어두운, 불확실한 세계 속에서 구원을 주는 일종의 토템으로서 기능한다.

단편에서 보여준 100%의 확신은 27년 뒤 발표된 장편 『1Q84』로 이어진다. 하루키는 2011년 뉴욕타임스와의 인터뷰를 통해 두 이야기는 기본적으로 같은 이야기로 남자가 여자를 만나게 되고, 떨어지게 되고, 서로를 찾고 있는 보편적이고 심플한 이야기를 오랫동안 써온 것이라고 말했다.◆ 아오마메는 "'나'라는 존재의 중심에 있는 것은 사랑이다."라고 고백한다. 『1Q84』에서 덴고와 아오마메가 그 세계에서 확신하는 단 한 가지 감정이 바로 사랑이다.

◆ 미국 뉴욕타임스(The New York Times) 인터뷰(2011)

"정말 중요한 것은 마음의 상처가 있고 손상되고 방향을 잃은 그들도 사랑을 갈구하고, 그 대상을 계속 찾고 싶어 하는 마음입니다. 아오마메는 늘 완벽한 사랑을 꿈꾸고 있습니다. 사랑은 2명의 주인공을 삶의 다른 레벨로 이끄는 것이죠. 나는 그 메커니즘, 사랑이라는 감정이 어떻게 사람들을 다른 장소로 데리고 갈 수 있는지, 그 문제에 관심이 있습니다."◆

◆ 스페인 라 반구아르디아(La Vanguardia) 인터뷰(2011)

하루키는 사랑이라는 리얼한 감정에 대해서 많은 장편을 통해 아낌없이 표현한다. '100% 연애 소설'이라는 홍보 문구를 가지고 1987년 출간된 하루키의 5번째 소설 『노르웨이의 숲』에는 '온 세계 정글 속의 호랑이가 모두 녹아 버터가 되어버릴 만큼 좋아'라는 유명한 대사가 등장한다. 『태엽 감는 새 연대기』에서는 주인공 '나'와 아내인 구미코와의 만남에 대해 '만나자마자 짜릿하게 느껴지는 충동적이고 강렬한 것이 아니라, 훨씬 더 온화하고 부드러운 이를테면 두 개의 작은 불빛이 막막한 어두운 공간을 나란히 전진하는 중에 어느 쪽에서라고 할 것도 없이 점점 가까이 다가가는 듯한 느낌이었다'라고 표현한다. 『스푸트니크의 연인』에서는 주인공 스미레가 느낀 사랑의 감정을 '토네이도처럼 압도적'이라고 표현하며, 그 토네이도는 큰 소용돌이를 지니고 지나가는 모든 길에 있는 것들을 휩쓸고 찢고 파괴해 아무것도 남기지 않았고, 그런 다음 힘을 잃지 않고 태평양을 건너 무자비하게 앙코르 와트를 파괴하고, 인도호랑이가 사는 숲을 불태웠고, 페르시아에서는 사막 폭풍으로 변해 모래 아래로 이국적인 요새 도시를 묻어버렸다고 표현한다. 최근작 『도시와 그 불확실한 벽』에서는 사랑하는 이들을 잃은 고야스씨의 입을 빌려 '100%의 사랑을 하는 것은 태양에 심장이 그대로 노출되어 상처를 입는 것과 같다'라고 말했다. 사랑에 대한 감정을 차분하게 시간을 들여 묘사하는 문장들이 하루키 자신이 직접 느낀 감정과 경험에 기반한 고백들로 읽힌다.

하루키는 22살에 아내와 사랑에 빠져 헤어지기 싫고 평생 같이 살고 싶다는 감정을 직접 느꼈고, 지금까지 함께 하고 있다. 직접 경험해 본 그 감정을 이야기로 표현하기란 쉬웠을 것이고 그 감정에는 망설임도 없었을 것이다. 하루키는 모든 인터뷰에서 '사랑'에 대해 언급한다. 소설을 통해서도 결국 단 하나 남는 것은 사랑이라고 얘기한다. 진부하게만 들릴 수 있는 '사랑'이라는 단어가 하루키의 이야기 속에서 가쁜 숨을 쉬고 환희에 차 독자들 마음속을 때로는 무너뜨릴 정도로 헤집고 다닌다. 직접 느낀 진실한 사랑의 감정을 이야기로 승화시키고, 그 최고의 감정을 독자들에게 전하고자 하는 그의 진실된 꾸준함에 감사의 마음이 인다. 고된 여정을 거쳐 아오마메가 닿은 사랑의 감정이 오래도록 독자들 가슴에 남게 되길 바라본다.

신화적인 힘.

그리스

작가로 데뷔하고 4년간 의욕적으로 3개의 장편과 20여 편이 넘는 단편들을 써낸 1983년 여름. 하루키는 수많은 취재 요청 속에서 그리스 정부 관광국이 주최한 취재 기행에 응하여 그리스로 떠났다. 전업 작가와 동시에 러너가 된 직후였기에, 아테네에서 마라톤까지 역사적인 코스를 직접 뛰어 볼 수 있다는 점이 매력적으로 다가왔다. 러시아워를 피해 실제 코스의 반대 방향으로 뛴 그의 첫 풀 마라톤 기록은 3시간 51분. 고된 첫 풀 마라톤이었지만 그만큼 자랑스러웠고, 작가로서 앞으로의 자신감도 그만큼 충만해졌다.

그리고 3년 뒤인 1986년 9월 가을날 다시 일본을 떠나 아내와 함께 유럽으로 향했다. 이번에는 단순한 취재가 아니었다. 『세계의 끝과 하드보일드 원더랜드』를 발표하고 다니자키 준이치로상을 받으며 작가로서 영향력을 더 확장해 가던 시기였는데, 점점 글을 쓰는 본업 이외의 이런저런 일상적이고 불필요한 일이 많아지자 40세가 되기 전인 이 시기에만 쓸 수 있는 소설을 쓰고 싶었고, 오로지 글을 쓰는 일에만 집중하기 위해 일본을 떠나게 되었다. 기존 일본 문단에 영향력을 행세하던 비평가들의 공격이나 매스컴의 도를 넘은 관심, 대학 강의나 주제를 미리 정해 주고 글을 써달라는 반강제적 요청과 주변 지인들과의 성가신 일들까지 스트레스가 이만저만이 아니었다.

그렇게 3년간의 유럽 체류를 시작한 하루키는 이 기간에 두 개의 여행기를 펴내는데, 1990년 6월에 펴낸 최초의 여행 에세이 『먼 북소리』와 같은 해 10월 출간한 『우천염천』이다. 『먼 북소리』는 1986년 가을부터 1989년 가을까지 3년간의 이탈리아와 그리스 체류에 관한 이야기들로 채워졌고, 『우천염천』은 1988년 그리스 아토스 반도와 터키를 여행한 기록이다. 하루키는 『먼 북소리』를 통해 고백한 바와 같이 '자신을 유지하기 위해 문장을 계속 쓰는 상주적 여행자'라는 목표를 성실히 수행했다.

유럽 체류의 시작은 그리스였다. 그리스에서 꼭 살아 보고 싶었던 마음이 있었기에, 로마에서의 본격적인 유럽 생활을 앞두고 약 석 달 동안 그리스의 스페체스섬, 미코노스섬에서 지냈다. 하루키는 이 기간을 포함해 3년여의 유럽 체류 동안 여행과 집필을 병행하며 가장 높은 판매 부수를 자랑하는 베스트셀러 『노르웨이의 숲』과 쥐 3부작의 연장선상 혹은 대단원의 막을 내리는 의미가 있는 작품 『댄스 댄스 댄스』를 집필했다. 이후 하루키는 다른 소설에서 그리스를 배경으로 삼는데, 1994년 『태엽 감는 새 연대기』의 가노 구레타는 그리스의 크레타섬에서 따온 이름이고, 그녀는 주인공 '나'에게 같이 크레타섬으로 가자고 제안한다. 1999년 『스푸트니크의 연인』에서는 주인공 스미레가 그리스의 로도스섬보다 더 작은 어느 섬으로 사라진다. 하루키는 로도스섬에서 배로 타고 들어가야 하는 자신의 이름과도 같은 하루키 섬에도 체류했었는데, 자신의 소설 속 주인공을 '하루키' 자신에게 보내는 일종의 문학적인 장치를 심어 놓은 것은 아닐까 하는 생각을 해본다.

작품 속에 등장하는 그리스는 모두 현실 세계가 아닌 다른 세계를 의미하는 메타포로서 기능한다. 이런 기능은 2014년 작품 『색채가 없는 다자키 쓰쿠루와 그가 순례를 떠난 해』에서는 핀란드가 맡기도 하는데, 하루키는 한 인터뷰를 통해 핀란드를 떠올리면 어딘가 '지하로 간다는' 이미지가 떠오른다고 한 것이 이를 말해준다.

하루키는 유럽 체류 기간의 한가운데였던 1988년, 신의 지역이라 불리는 아토스 반도를 방문한다. 아토스 반도는 남성만 출입 허가가 나는 곳으로 전 세계의 수도사들이 묵고 수행을 쌓는 곳이다. 일반 여행객의 체류는 3박밖에 허락되지 않는데, 하루키는 이 기간에 반도의 해안가를 따라 도보로 수도원을 순례하며 식사를 얻어먹고 잠을 청했다. 계속해서 걷고 도중에 길을 잘못 들기도 하면서 체력적으로 매우 고되었던 하루키는 아토스 반도 여행을 마친 직후 시원한 맥주와 생선 수프, 감자튀김 같은 세속적인 음식을 먹으며 과연 어디가 '리얼 월드'일까 생각에 잠긴다. 그러나 곧 신들의 섬 아토스 반도에서 먹은 곰팡이가 핀 빵과 수프 역시 '농밀한 확신'으로 가득 찬 것이었다는 결론을 내린다. 하루키가 표현하는 소설의 비현실적인 세계 역시 하나의 진짜인 리얼 월드로 기능하고 있다는 깨달음이다.

하루키는 글을 쓰는 행위를 통해 다른 세계로 다녀오는 것과 같이, 아토스 반도 여행을 통해 자신의 육체를 이끌고 현실이 아닌 다른 세계에 직접 뛰어드는 의식을 수행했다.

> "전 『세계의 끝과 하드보일드 원더랜드』를 쓰고 있을 때, 오르페우스 신화를 계속해서 떠올렸어요. 오르페우스는 아내를 찾기 위해 지하 세계로 계속 내려갑니다. 그는 음악가이고 계속해서 음악을 듣습니다. 유럽의 오르페우스 신화와 비슷한 것이 일본에서는 이자나기-이자나미가 있어요. 이자나기가 남편이고 이자나미가 아내이죠."◆

◆ 미국 잡지 밤브(BOMB) 인터뷰 (1994, 인터뷰어: 존 웨슬리 하딩)

하루키는 1995년 교도통신과의 인터뷰에서 신화로부터 많은 영향을 받는다고 밝혔다. 미국 신화학자인 조지프 캠벨의 저서인 『신화와 함께하는 삶』과 『신화의 힘』을 명저로서 독자들에게 추천하기도 하였고, 조지프 캠벨은 세계의 신화에 대해 깊은 통찰이 있는 학자이며, 작가로서 본인도 그에게서 많은 것들을 배울 수 있었다고 고백했다. 또한 자기 소설들의 중요한 모티브가 되는 것은 그리스 신화의 오르페우스 이야기라고 밝히며, 오르페우스가 죽은 아내를 되찾기 위해 지하 저승세계로 내려가는 것처럼 인류는 예전부터 자신이 사는 표면 아래 다른 세계가 있다고 믿어 왔고, 자신 역시 그렇다고 한다. 물론 메타포(은유)로서 말이다. 하루키는 소설 속에 이런 신화로부터 배운 관념의 구조를 집어넣었다.

"신화라는 것도 요컨대 다른 동시적인 회로라고 할 수 있어요. 신화라는 원형 회로가 우리 안에 원래 세팅되어 있고 우리는 가끔 그 원형 회로를 통해 동시다발적으로 사물의 관점을 이해하는 거죠. 그러니까 픽션은 어떤 경우에는 신화의 영역에 딱 맞게 들어가 버려요. 이야기가 근원적인 이야기의 기능을 다하면 할수록 그것은 더욱 신화에 가까워지는 거죠."◆

◆『해변의 카프카』 출간 인터뷰(2002)

어린 시절부터 다양한 환상적인 이야기를 접해 왔던 하루키는 그리스 체류와 도보 순례를 통해 자신의 작품 세계를 더욱더 확고하게 구축할 수 있는 '신화적인' 힘을 얻었다. 2010년 하루키는 다시 한번 체류했던 그리스의 두 섬을 방문한다. 미코노스섬에서 아내와 체류했던 숙소에 다시 찾아가서 당시 도움을 받았던 방겔리스 씨를 찾지만 몇 년 전 세상을 떠났다는 사실을 알고 명복을 빌기도 한다. 이때의 여행기는 「그리운 두 섬」이라는 제목으로 에세이집 『라오스에 대체 뭐가 있는데요?』에 실려있다. 그가 얼마나 그리스에서의 추억을 그리워하는지는 2022년 뉴욕타임스 By The Book 인터뷰를 봐도 알 수 있다. 가장 이상적인 독서가 무엇이었냐는 질문에 이렇게 답했다. '그리스에 살고 있을 때, 햇볕이 잘 드는 테라스에서 동네 고양이를 쓰다듬으며 존 파울즈의 『The Magus』를 읽었던 때가 아니었을까'

네 번째 서랍,

탐험

단 하나의

존재임을

잊지 않고

적어도

끝까지

걷지는 않았다.

무엇보다 자신의 즐거움을 위한 글쓰기.

일인칭 소설

사소설은 작가 자신의 진짜 삶을 이야기 속 주인공을 통해 솔직하고 공개적으로 고백하는 소설의 한 유형으로, 1910년대에 처음 일본 문학사에 등장하며 활발하게 독자들에게 소개되기 시작했다. 이 시기를 관통하는 일본 작가 나쓰메 소세키는, 하루키는 물론 문학을 공부한 아내 요코 씨도 졸업 논문으로 택할 만큼 모든 일본 국민에게 사랑받는 작가이다. 그의 작가 인생 10년의 마지막, 지병이 악화하며 죽음을 예견하고 자신의 인생을 되돌아보며 써 내려간 『한눈팔기』가 사소설이라고 할 수 있다. 사소설이라고 해서 꼭 일인칭 시점으로 기술되는 것은 아닌데, 『한눈팔기』는 작가가 주인공 겐지의 삶을 내려다보는 삼인칭 시점으로 기술되었다.

하루키가 처음 소설을 쓸 당시에, 전쟁이나 혁명 같은, 이른바 '실속' 있는 재료가 될 수 있는 묵직하고 강렬한 사건을 겪은 것도 아니어서 어쩔 수 없이 E.T.처럼 창고로 가서 있는 것들을 다 끌어모아 '짜잔'하고 매직을 부릴 수밖에 없었다고 회고한다.* 그렇기에 첫 소설은 자연스럽게 자기 경험을 바탕으로 쓰기 시작했고, 일인칭 작법으로 기술하였다. 하루키가 좋아하던 스콧 피츠제럴드의 『위대한 개츠비』와 사립 탐정 필립 말로가 사건을 해결하는 레이먼드 챈들러의 작품이 일인칭 소설이다.

* 직업으로서의 소설가 (2015)

하루키의 소설 속 주인공들은 남녀를 불문하고 하루키와 같이 외동인 경우가 많다. 특히 『태엽 감는 새』의 주인공인 오카다 도오루는 외동아들인데다가 고독 증후군을 겪고 있다는 묘사까지 하루키를 연상하게 한다.

> "나는 외동아들에게서 쉽게 찾아볼 수 있는 고독 증후군을 앓고 있었다. 진지하게 무엇인가를 할 때는 나 혼자서 하는 것을 좋아했다. 누군가에게 일일이 설명하여 이해시켜야 하는 일이라면 차라리 시간이나 노력을 들여서라도 혼자 묵묵히 하는 쪽이 편했다."

당시 일본의 보통 가정은 단카이세대의 베이비 붐에 따라 외동인 경우가 흔하지 않았고, 2명 이상의 형제가 있는 가정의 시선에서는 무언가 결핍으로 느꼈을 수도 있을 것이다. 그런 환경 속에서 하루키는 더욱 고독했을 것이고, 그렇게 책과 음악, 고양이와 함께 자기 내면으로 파고 들어갔던 경험과 기억이 소설을 쓰기로 마음먹은 시점에 자연스럽게 발현되어 자신의 관점에서 이야기하는 일인칭 작법을 택하게 되었을 것이다.

사소설에 관한 질문을 받은 해외 언론과의 인터뷰◆에서, 하루키는 이런 자기 경험을 그대로 녹이는 것은 원치 않았다고 얘기한다. 그래서 경험의 형태를 바꾸거나 자신의 이야기를 바탕으로 쓰인 것을 독자가 알아차리지 못할 정도로 픽션화했다. 이렇게 되면 자신의 이야기를 있는 그대로 전하는 것보다 그 이면의 또 다른 의미에 대해서 더 깊이 고찰하고 이해할 수 있게 된다. 개인의 이야기를 하되 기존의 전통적인 사소설 형태를 따르지 않고, 자신만의 일인칭 소설을 창조해 낸 것이다.

◆ 미국 NPR(공영 라디오) 인터뷰(2021)

하루키는 『태엽 감는 새 연대기』와 같이 확장된 이야기에는 일인칭 작법이 한계가 있다고 느꼈고, 『해변의 카프카』와 『1Q84』에서는 삼인칭으로 이야기를 써 내려갔다. 그 이후 『기사단장 죽이기』에서 일인칭으로 돌아왔고, 단편집 『일인칭 단수』를 통해 다시 한번 제대로 일인칭 작법으로 자신만의 세계를 펼쳤다.

"독자는 일인칭의 시선을 통해, 소설 속 '나'와 동화되는 형태로, 눈앞에 바로 나타나는 사건을 목격하고 체험합니다. 롤플레잉 게임 같은 구조이죠." ◆

◆ 일본 잡지 「생각하는 사람」 인터뷰 (2010, 문학동네 잡지 수록)

일인칭 소설 속에서 주인공들은 주로 주변에서 일어나는 일을 관찰하고, 실제로 무엇을 보고 있는지 혹은 무엇을 보기로 마음먹었는지 같은 것을 결정해야 한다. 『위대한 개츠비』의 닉 캐러웨이의 시각처럼 중립적이고, 그 중립성을 유지하기 위해 어떤 친분이나 연대, 수직적인 가족 관계 혹은 기존에 정해진 논리나 정의에서 자유로워야 한다. 일본 전통 문학에서는 가족이 갖는 의미와 역할이 중요했다면, 하루키는 독립된, 주체성을 지닌 절대적인 '개인'으로서 캐릭터를 묘사하고, 그럼으로써 당시 사회가 해결해야 할 문제의 근본에 더 도달할 수 있다고 본 것이다.

기능적인 장점으로는 작가와 주인공이 기본적으로 같은 눈높이로 보는 것에서 오는 평등한 감정과 주인공의 독백 장면을 쉽게 쓸 수 있고, 이야기의 다른 부분에 영향을 받지 않고 주인공의 시각에서 명료하게 쓸 수 있는 점, 그리고 무엇보다 독자들이 '나'라는 주인공을 쉽게 식별할 수 있다는 점을 든다.

『기사단장 죽이기』를 통해 처음 작가를 시작하던 때의 온전한 일인칭 시점으로 다시 돌아간 하루키는 이 소설을 쓰면서, 정말 즐거웠고 일인칭으로 소설을 쓰는 것을 얼마나 그리워했었는지 절실히 느꼈다고 한다. 마치 어린 시절 놀았던 놀이터에 돌아온 기분이라고 말한다. 그에게서 롤플레잉 게임을 하듯 책상에 앉은 하루키가 문장을 입력하며 이동시키는 워드프로세서의 커서에 따라 주인공이 다양한 세계로 자유롭게 여행하는, 그런 글쓰기 자체의 즐거움을 잊지 않으려 하는 그의 철칙을 가장 잘 지켜주는 것이 일인칭 작법이라고 할 수 있겠다.

상상력은 기억력이다.

서랍

하루키와 인터뷰 할 기회가 주어진 모든 인터뷰어는 그의 소설의 비밀을 하나라도 풀어보기 위해 많은 준비를 한다. 질문 리스트를 뽑고 과거 인터뷰를 스터디해서 답변을 예상하여 그에 대한 2차 질문까지 시뮬레이션할 것이 틀림없다. 까다롭기도 하고 명쾌한 답을 주지 않기로 유명한 인터뷰이인 그와 만남을 앞두고, 독자가 듣고 싶어 하는 내용을 어떻게든 끌어내기 위해 고심하는 것이다. 인터뷰 자체를 하기도 힘들 뿐만 아니라 서로의 시간을 낭비하지 않기 위한 그의 배려로 생각할 수도 있겠지만, 인터뷰 시간이 제한되어 있고 정치 문제 등 특정 주제에 관해서는 얘기를 하지 못하는 제한도 있다.

하루키가 진행한 인터뷰를 보면 거의 모든 인터뷰어가 하는 비슷한 질문이 있다. 하루키의 집필 방식에 관한 질문인데, "소설의 제목은 어떻게 정하시나요?", "이야기의 플롯은 미리 구상하시나요?", "결말은 미리 생각하시나요?" 등 이야기의 전체 골격을 미리 구상하고 쓰는가에 관한 질문이다. 가와카미 미에코도 하루키와의 대담◆을 통해 같은 질문을 던졌다. 하루키의 작법에 대해 매우 직설적으로 질문을 던지고, 하루키도 기억하지 못하는 과거의 발언을 들고 와서 집요하게 물어보았다. 자신이 쓴 소설의 내용을 잘 기억하지 못해 당황스러워하는 재미있는 상황도 수차례 발생했다.

◆ 수리부엉이는 황혼에 날아오른다 (2017)

이에 대한 하루키의 대답은 먼저, 허무하리만큼 간단하다. “아니요.” 정해 놓은 것이 없다는 얘기이다. 앞으로의 이야기를 미리 구상하지 않고 그냥 의식의 흐름대로, 하루키의 표현대로라면 “이야기가 저절로 다가온다”라는 방식에 따라 이야기를 진행한다. 심지어 여러 인터뷰를 통해, 작가 본인도 주인공이 다음 챕터에서 혹은 다음 장소에서 어떤 말을 하고 행동하게 될지 궁금하다고 답한 적도 있다. 인터뷰어 입장에서는 답답한 노릇이다. 원하는 답변도 아니고, 지금까지 말하지 않은 어떤 비밀이 있으리라 생각했으니까 말이다.

그리고 ‘서랍’에 대한 이야기가 시작된다. 서랍은 하루키의 창작 비밀을 알기 위해 알아야 할 단서이다. 하루키가 말하는 서랍은 기본적으로 자신의 머릿속의 ‘서랍’인데, 그가 학창 시절을 보냈던 고베의 바다 향기와 풍경, 당시 탐독했던 서양 문학 페이퍼백의 기억은 머릿속 한쪽에 ‘고베’라는 서랍 속에 담겨 있을 것이다. 그 최초의 서랍을 시작으로 이야기를 언제든지 꺼내 쓸 수 있게 각종 라벨이 붙은 서랍들이 캐비닛에 차곡차곡 쌓인다.

『태엽 감는 새 연대기』를 시작할 수 있게 해주었던 것은 ‘아버지’라는 이름의 서랍에 보관되어 있던 전쟁 속 무수히 죽어간 사람들의 영혼의 그림자였다. 『기사단장 죽이기』의 수리부엉이는 직접 길렀던 동물로, 언젠가 소설에 등장시키기로 마음먹고 있었다고 한다. 『다자키 쓰쿠루와 그가 순례를 떠난 해』는 재즈바 위치를 정하기 위해 역 신설 정보를 알아내 보려고 해당 프로젝트에 참가한 친구와 친해졌는데(알아내는 데에는 결국 실패했다고 한다.) 바로 이 친구가 다자키 쓰쿠루의 모델이다. 모두 그의 서랍에 저장되어 캐비닛에 보관되어 있던 캐릭터이다.

"전 제 마음속의 서랍을 굉장히 많이 가지고 있어요. 이 서랍에 수백 개의 이야기의 소재가 있다고 할 수 있죠. 내가 필요로 하는 기억과 이미지를 꺼내는 거예요. 전쟁이라는 것은 그 소재 중 저에게 있어 정말 크나큰 것이었어요. 언젠가는 이 전쟁이란 라벨이 붙은 서랍 중 하나를 열어서 그 기억과 이미지에 관한 이야기를 써야겠다고 생각하게 되었죠."◆

◆ 미국 살롱(Salon) 『태엽 감는 새』 출간 기념 인터뷰(1997)

하루키의 서랍은 실제 물리적인 진짜 책상의 서랍이기도 하다. 『스푸트니크의 연인』은 그 유명한 '스물두 살의 봄, 스미레는 난생처음 사랑에 빠졌다. 광활한 평원을 가로지르며 돌진하는 회오리바람처럼 격렬한 사랑이었다.'를 시작으로 하는 몇 문장을 써서 책상 서랍에 두었다가 다시 그의 의식 속에 떠오르면서 환상적인 사랑 이야기로 발전할 수 있었다. 하루키의 이야기는 하루키 뇌 속의 서랍과 작업실에 있는 실제 서랍의 상호 작용 속에서 마치 비현실 세계의 커넬 샌더스 대령과 현실 세계의 카프카 소년이 서로를 돕듯이 만들어진다.

"전 사람들을 관찰하는 것을 좋아해요. 내 머릿속엔 일종의 캐릭터 서랍 같은 것이 있어서 관찰로 얻은 사람들의 구체적인 이미지를 그곳에 보관해요. 사람은 미스테리하죠. 관찰하면 할수록 더 흥미로워요. 할 수만 있다면 집까지 따라가서 보고 싶어요. 어떤 책을 보고 어떤 옷을 입는지 누구와 어떻게 이야기하는지. 그렇게 하나의 캐릭터가 완성되면 내 머릿속 서랍에 차곡차곡 넣어두고 필요할 때마다 꺼내요. 그리고 소설을 쓰면서 캐릭터가 필요할 때 나는 어떤 서랍을 열어야 할지 아는 거죠."◆

◆ 미국 잡지 「지큐(GQ) 하와이」 인터뷰(2007)

하루키의 작가론을 엿볼 수 있는 에세이 『직업으로서의 소설가』 제5장 '자, 뭘 써야 할까'에서는 소설을 쓰기 위한 방법으로 '자신이 보는 사물이나 사상을 아무튼 세세하게 관찰하는 습관을 붙이는 것'을 추천한다. 그는 주위에 있는 사람들과 일어나는 다양한 일들을 찬찬히 주의 깊게 관찰하라고 당부한다. 그 일들에 대한 가치 판단은 하지 말고 이야기의 물질적인 소재로서 라벨을 붙여 머릿속에 잘 저장하는 것이다.

스스로 천재가 아니라고 얘기하는 하루키는 작가 제임스 조이스가 얘기한 '상상력은 기억력이다.'란 말에 적극적으로 동조한다. 꾸준하고 집요한 관찰과 독서, 그리고 번역을 통해 다양한 소재를 서랍과 캐비닛에 저장한다. 그렇게 노력을 통해 차곡차곡 저장된 기억력들이 현실과 비현실을 자유롭게 오가며 독자들의 영혼을 뒤흔드는 상상력을 발휘하는 이야기가 된다. 결국 '서랍'은 누군가는 글을 써내야 하는 사회라면 자신이 그 일을 하겠다는 '문화적 눈 치우기'의 사명을 기꺼이 받아내는 근면의 작가 하루키를 잘 얘기해주는 또 하나의 메타포이다.

매일매일 일상의 드럼 비트에 의해 살고 있다.

키노쿠니야

『기사단장 죽이기』의 멘시키는 하루키의 소설 속 주인공 중 가장 재력 있는 인물로 IT 기업을 경영하며 투자 쪽에도 밝고 도쿄 근교에 고급 별장을 소유하고 있다. 멘시키가 등장하기 전까지 그 자리를 차지했던 주인공은 그로부터 30년 전인 『댄스 댄스 댄스』에 등장하는 주인공 '나'의 중학교 친구 고탄다이다. 누군가는 해야만 하는 '문화적 눈 치우기'로서 글을 쓰는 프리랜서 작가인 주인공 '나'는 독신 영화배우로서 화려한 삶을 사는 고탄다를 보며 이질감에 빠지곤 한다. '나'는 고탄다가 가지고 있는 고급 맨션과 고급 음향기기, 마세라티, 영화 속에서 연기한 의사보다 더 의사 같은 이미지 같은 것은 가지지는 못했지만, 누구나 들어갈 수 있는 고급 슈퍼마켓 키노쿠니야(紀伊屋店)는 마음껏 이용한다. 고급 세단이 즐비하게 주차된 주차장에 자신의 초라한 스바루를 사브와 메르세데스 사이에 조심스럽게 위치시킨다.

"싱싱한 상추와 훈제 연어, 면도날처럼 얇게 썰어서 얼음물에 헹궈낸 양파와 호스래디쉬 머스타드를 사용해서 샌드위치를 만든다고. 키노쿠니야의 버터 프렌치가 훈제 연어의 샌드위치엔 잘 맞는단 말이야. 잘만하면 고베의 〈델리카트슨 샌드위치 스탠드〉의 훈제 연어 샌드위치와 비슷한 맛이 나지."◆

◆ 『댄스 댄스 댄스』(1988)

'나'가 키노쿠니야를 가는 이유는 신선함을 완벽하게 유지하고 있는 채소 때문이다. 왜인지는 알 수 없지만, '나'는 싱싱한 채소를 보고 폐점 후에 상추를 모아 놓고 특수한 처리를 한다거나, 철조망이 둘러쳐져 있고 기관총이 거치된 감시탑이 있는 도쿄 근교의 키노쿠니야 전용 밭에서 비(非)채소적인 훈련이 진행되고 있지 않을까 상상한다. 하루키는 '나'의 시선을 통해 키노쿠니야의 신선한 상추를 보고 고도자본주의 시스템 아래 그럴듯하게 포장된 사람들의 헛된 욕망을 비유한다.

1910년 과일 가게로 시작된 키노쿠니야는 상품을 직접 장바구니에 담아서 한꺼번에 계산하는 셀프 판매 방식을 처음으로 적용한 일본 최초의 슈퍼마켓으로 1953년 도쿄 오모테산도에 1호점을 열었다. 매장 내 베이커리 코너를 처음 도입하고, 프랑스 내추럴 치즈 같은 해외 식료품을 빠르게 수입해 선보이며 전 세계의 품질 좋은 식자재를 신선하게 제공한다는 목표로 고급 슈퍼마켓의 입지를 다졌다.

키노쿠니야 슈퍼마켓이 성업 중이던 70년 후반 본격적으로 작가 생활을 시작한 하루키는 대도시에서 독신으로 사는 30대 남자 주인공을 주로 그렸고, 그들은 세련되고 쿨하면서도 여유가 있는 생활을 하며 카페에서 커피를 마시고, 직접 재료를 사다가 요리를 해 먹고, 와인을 곁들인다. 실제로 하루키의 일상과 식습관도 비슷하다. 깔끔하고 군더더기 없고 건강을 생각한 과함이 없는 식사를 즐긴다. 일단 채식 위주의 식사에 두부 등 담백한 음식도 좋아하고, 신선한 해산물과 회, 굴 튀김을 특히 좋아한다. 식료품 쇼핑을 좋아하여 진열대에 죽 늘어서 있는 식료품을 하나하나 체크해 나가는 것도 하루키의 '작지만 확실한 행복' 중 하나이다.

소설 속 주인공들이 슈퍼에서 차분히 장을 보는 장면은 하루키의 작품에서 빠질 수 없는 장면 중 하나라고 한다. 『댄스 댄스 댄스』의 80년대, 『태엽 감는 새 연대기』의 90년대, 『해변의 카프카』와 『1Q84』의 2000년대 소설 모두 주인공들이 숲속이나 우물, 벽, 좁은 방, 도서관 등을 통해 다른 세계에 다녀오듯이 주인공의 일상 역시 달라진 점이 없이 일관됨을 보여준다.

"4월 초순. 트루먼 카포티의 문장처럼 섬세하고, 변하기 쉽고, 다치기 쉬운 아름다운 4월 초순의 나날. 나는 아침에 키노쿠니야에 가서, 다시 잘 조련 받은 싱싱한 채소를 샀다. 그다음에 캔맥주 한 묶음과 세일 중인 와인 세 병을 샀다. 커피콩도 샀다. 샌드위치를 만들기 위해 훈제 연어도 샀다. 된장과 두부도 샀다."◆

◆『댄스 댄스 댄스』(1988)

"가까운 슈퍼마켓에서 채소와 달걀, 우유, 생선, 원두커피 등을 산 다음 어제 저녁때 신발 가게에서 받은 거스름돈으로 값을 치렀다."◆

◆『태엽 감는 새』(1994)

"다양한 채소와 과일. 생선과 육류. 두부며 미역이며 낫토. 우유와 치즈와 오렌지 주스. 달걀 열두 개들이 한 팩. 쓸데없는 쓰레기가 나오지 않도록 모두 팩에서 꺼내 솜씨 좋게 랩으로 재포장되어 있다."◆

◆ 『1Q84』(2008)

이렇게 하루키의 소설 속 주인공들은 식자재 쇼핑이나 셔츠 다림질, 차분히 커피를 내리는 일 등 일상적인 루틴을 수행한다. 주인공들이 차분하게 화장실이나 주방에서 집안일을 하는 행위가 계속 반복되는 것이 마치 비현실적인 판타스틱한 세계로 들어가기 전 단계라고 생각되기도 한다는 한 인터뷰어의 질문에, 자신 역시 매일매일 씻고, 요리를 하고, 커피를 내리고, 다림질하면서 '일상의 드럼 비트'에 의해 살고 있다고 답한다. 일상적인 일을 할 때는 머릿속에 잡념이 생기지 않게 되고, 조용하게 비어있는 상태가 되어 무언가를 새롭게 생각해 글을 쓸 수 있는 상태가 된다고 얘기하며, 인터뷰어의 질문에 호응하였다.

하루키가 꾸준히 주인공의 일상을 디테일하게 시간을 들여가며 묘사하는 또 다른 이유는 현실 세계를 벗어나 다른 세계로 건너갔던 소설 속 주인공이 다시 현실로 돌아왔음을 깨닫게 하는, 영화 〈인셉션〉 속 꿈 설계사 코브가 일생을 그리워한 딸 필리파를 만나는 순간, 꿈이 아닌 현실이기를 바라며 돌렸던 팽이와 같은 일종의 토템이 필요했기 때문이 아닐까. 이는 하루키 역시 소설을 쓰는 작업을 통해 주인공과 자신을 동일시하며 비현실 세계로 갔다가 현실로 복귀해야 하는 숙명을 지니고 있기에, 그 작업을 반복해서 해야 하는 자신에게 거는 일종의 작가적인 주술적 행위이기도 할 것이다.

한 번도 가보지 못한 세계로 안내하는
훌륭한 안내자.

영매

'영매'는 신비로움 힘을 지닌 초자연적 존재나 죽은 사람의 영혼과 의사가 통하여, 그들과 인간을 매개하는 역할을 하는 사람을 뜻한다. 하루키 작품을 읽기 위해서 꼭 거쳐야 하는 하나의 관문과도 같다. 영어로 중간의, 매개체를 의미하는 'medium'으로 표기하며, 1800년대 후반 과학 문명의 발달로 인해 인간의 정신적인 부분에의 관심도가 떨어지자 이를 각성하는 의미로 대두된 심령주의로부터 본격 등장하게 된 것이라고 알려져 있다. 일본의 영매사나 한국의 무당, 박수와도 같은 개념이라고 할 수 있다.

하루키 작품에는 수많은 영매가 등장한다. 하루키의 최초 영매는 『1973년의 핀볼』에 등장하는 쌍둥이 자매 208, 209이다. 쌍둥이 자매와 동거하고 있는 '나'는 전화국 인부가 찾아와 배전반을 놓고 간 직후 커피를 마시며 책상에 앉아 두 팔을 괴고 담배 연기를 뿜는데, 이것을 보고 영매의 몸에서 흘러나오는 물질을 말하는 '엑토플라즘(ectoplasm)' 같다는 표현이 등장한다. 영매의 등장을 처음 알리는 영화 같은 장면이 아닐 수 없다.

『댄스 댄스 댄스』의 귀가 예쁜 소녀 유키는 아버지로부터 자신은 보지 못하는 것을 보는 것 같아 영매처럼 느낄 때가 있다는 말을 듣는다. 영매라는 표현이 소설에 직접 등장한 것이다. 이후 『국경의 남쪽 태양의 서쪽』의 시마모토, 『태엽 감는 새』에서 가사하라 메이, 가노 구레타, 가노 마루타, 아카사카 너트메그, 『해변의 카프카』 사에키상, 조니워커, 커넬 샌더스, 『1Q84』의 후카에리까지 수많은 영매 캐릭터와 함께했다. 독자 개개인이 받아들이는 것에 따라 영매의 수는 더 적을 수도 더 많을 수도 있을 것이다.

영매는 특정 종교와의 연관성은 없다고 보는 것이 일반적이지만, 만물에 영혼이 있다는 '애니미즘(animism)'의 영향을 받은 불교의 사상으로 설명될 수 있는 부분이 있다. 한국의 경우 불교가 전파되면서 기존 토속 무속신앙과 융합하며 서로의 개념을 받아들이게 되었고, 일본 불교 역시 같은 개념으로 볼 수 있다.

하루키는 스님이었던 조부와 조부의 갑작스러운 죽음으로 절을 물려받을 뻔했던 아버지의 영향 아래 전생이나 환생, 영혼, 인간의 모습을 한 생령 등의 개념이 전혀 낯설지 않았다. 또한 애니미즘이란 단어도 그의 인터뷰를 통해서 종종 등장하는데, 하루키에게는 조부 때부터 이어오던 불교적인 환경 아래 이야기를 미리 정하고 쓰지 않는 그에게 영매라는 개념이 자연스럽게 의식으로부터 하나둘 등장했다고 볼 수 있다. 아버지가 매일 아침 참배를 드리는 것을 보며 느낀 죽음의 기운과 영혼을 지닌 채 떠도는 사람들을 느끼며, 그들에게 다가가려는 작가적인 행위를 위해 영매라는 존재가 필요하게 되었을 것이다. 하루키에게 죽음과 영혼을 가진 채 떠도는 사람이나 그들과 연결해 주는 영매라는 존재가 자연스러웠을 것이다.

"그런 일들은 소설을 집필할 때 일어나는 일이에요. 제 상상

속에서 그런 양사나이와 같은 초자연적 존재와 인간을 연결해 주는 영매를 만나게 되어 이야기를 만들고, 독자들에게 그 경험을 말해 줄 수 있게 되는 거죠. 이것은 유니콘, 양, 코끼리, 고양이뿐만 아니라 어둠과 음악 같은 것도 영매의 역할을 할 수 있는 거예요. 이것들은 모두 글을 쓸 수 있는 영감을 줍니다. 모든 사물에 영혼이 깃들어 있다고 믿는 애니미즘 같은 거죠. 그 영매들은 제가 그들을 찾을 때만 제외하고 제게 다가옵니다."◆

◆ 독일 디 차이트(Die Zeit) (2014)

현실과 비현실, 영매의 등장은 인터뷰어들이 자주 하는 질문이다. 동양과 서양의 의식 차이에 관해서도 이야기하는데, 동양적인 사고로 보면, 이런 영매의 등장은 이야기적 요소로서 그대로 받아들이게 되지만 서양 독자들은 그렇지 않다. 도대체 이게 무엇인지 증명하지 않으면 이야기로서 받아들이지 못하는 것이다. 하루키는 많은 서양 인터뷰어의 이해를 돕기 위해 다양한 해석을 제시하기도 했는데, 영매는 사람들에게 좋은 이야기를 전달하기 위한 작가 관점에서의 기술적 수단이라고 설명한다.

"때때로 전 선사시대의 이야기꾼은 아닐까 하는 생각이 들기도 해요. 사람들은 동굴 안에 갇혀 있고요. 동굴 밖에서는 비가 내립니다. 그런 상황에서 저는 몇 개의 이야기를 풀어내죠. 제 주위에는 어둠이 있고, 동시에 수많은 영매가 있어요. 전 그것들을 붙잡아 두어야 합니다. 그것들은 제 주위에 언제까지나 존재하고 있답니다. 우리는 그것들에 대해 이야기하고 싶고, 그들의 이야기를 듣고 싶어 해요. 전 전문적인 이야기꾼이지만, 그런 것을 떠나 가능한 좋은 이야기꾼이 되고 싶어요. 동굴 속 생활은 꽤 비참한 것이지만, 제 직업은 그 동굴 속의 사람들에게 좋은 이야기를 통해 비참한 삶을 잊게 하는 거예요. 이를 위해서 저는 이야기꾼으로서의 기술을 계속해서 발전시켜 왔어요. 비록 모든 독자에게 그 기술이 전달된 것은 아닐 테지만, 그 기술은 이야기를 거듭하며 좋은 이야기로 발전됩니다."◆

◆ 독일 디 차이트(Die Zeit) (2014)

하루키는 일본에서는 현재 사는 사람들과 과거에 살았던 사람들 혹은 다른 세계에 사는 사람들을 구분하는 것이 크게 의미가 없다고 얘기한다. 영혼과 신들은 명백하게 지금도 존재하는 것이고, 소설을 쓸 때 항상 저쪽 세계에서 무언가 자신에게 다가온다고 한다. 어쩌면 하루키는 다른 세계와의 접촉 없이는 소설을 쓸 수 없다고 단언하고 있는 것만 같다. 그렇게 등장하는 영매들은 주인공들과 독자들을 꿈이나 다른 세계로 안내한다. 그 세계는 더 나은 다음 세계로 나아가기 위한 하나의 과정일 것이다.

하루키는 소설을 쓰는 것은 항상 자신의 의식 밑으로 내려가는 위험한 작업이라고 이야기한다. 주인공이 우물로 내려가고, 벽을 뚫고 간다면 이는 곧 작가인 하루키도 동일한 경험을 한다. 독자에게 이런 경험을 전하기 전에 자신이 먼저 작가로서의 의식적인 경험을 해보는 것이다. 독자 개개인의 마음속에서 한 번도 가보지 못한 세계로 안내하는 훌륭한 안내자이자, 지금껏 경험해 보지 못한 것을 하고자 하는 독자의 욕구를 해소해 주는 역할로서의 영매들이 필요한 또 하나의 이유이다.

천천히, 의도적으로 서두르지 않으려는 노력.

스콧 피츠제럴드

하루키의 10대 시절인 1960년대 고베는 해외에서 들어온 물건들이 넘쳐나는 큰 항구 도시였고 중고 페이퍼백을 손쉽고 저렴하게 구할 수 있었다. 중고 서점에 가는 것은 마치 보물 상자를 열어 보는 것과 같았다고 회상하는 하루키는 대부분 하드보일드 탐정 소설이나 공상 과학 소설을 읽었다. 레이먼드 챈들러, 에드 맥베인, 미키 스필레인 같은 작가들을 먼저 접하고 이후 스콧 피츠제럴드와 트루먼 카포티를 발견했다. 그들은 모두 중학생 하루키의 방에서 고리타분한 일본 문화가 아닌 이국 문화와 환상적인 이야기의 세계로 통할 수 있는 작은 창을 만들어 주었다고 당시를 추억한다. 유독 피츠제럴드의 작품을 탐독했던 하루키는 소설가가 되기 전 그의 소설을 직접 습작으로 번역하여 노트에 끄적였다. 그 점에 착안해 『바람의 노래를 들어라』를 썼을 때, 소설의 처음 부분을 타자기를 이용해 영어로 먼저 쓰고 그것을 다시 일본어로 번역하는 방식을 쓰기도 했다. 일종의 테스트였다.

그로부터 15년 뒤, 소설가라는 타이틀을 얻게 된 하루키는 소설가가 되었으니 이제 조금은 여유롭게 공식적으로 번역 일도 함께 할 수 있겠다고 생각했다. 나름 전략적인 선택이었던 것으로 보인다. 가장 먼저 번역하게 된 것도 자연스레 10대 시절부터 애독했던 피츠제럴드의 1981년 작품 『마이 로스트 시티』로 단편 5편과 에세이로 구성된 작품집이다. 『1973년의 핀볼』과 첫 단편 『중국행 슬로보트』까지 끝내고 한숨을 돌리던 시기였다. 그렇게 사실상 하루키의 두 번째 직업인 번역가란 타이틀이 생기게 되었다. 그리고 7년 뒤인 1988년 『더 스콧 피츠제럴드 북』이라는 타이틀로 하루키 자신의 기행, 평전 에세이 7편과 함께 피츠제럴드의 단편 2편의 번역을 함께 실었다.

중학교 시절 처음 접한 프란츠 카프카가 작가로서의 무의식에 접근하는 영감을 준 최초의 영웅이라고 한다면, 그 이후 발견한 스콧 피츠제럴드는 스토리와 문체, 1920년대 당시의 재즈와 어우러진 문학적인 배경 등 모든 것에 매료된 단 하나의 작가였다. 하루키는 좋아하고 또 영향을 받은 작가로 여럿을 꼽지만, 좋아하는 작품을 묻는 말에는 단연코 『위대한 개츠비』를 말한다. 하루키의 작가 데뷔부터 200여 개가 넘는 인터뷰에서 인터뷰어의 언급을 포함하여 가장 많이 언급되는 작가가 바로 스콧 피츠제럴드이다.

"피츠제럴드의 소설을 계속 읽게 되면서, 제 소설 작업이 좀 더 구조적으로 복잡하고 때론 좀 더 세련되어지는 과정을 거칠 수 있었다고 생각해요. 처음 읽었을 때 하나하나의 문장들이 저에게 있어 각기 깊은 의미를 지니고 모든 문장은 유기적으로 확고하게 연결된 느낌을 받았어요. (중략) 다시 읽으면 읽을수록 계속해서 다양하고 깊어지는 의미를 찾게 되었답니다. 바쁘고 효율만을 좇는 우리는 자신의 깊은 가치를 찾는 것 자체를 망각한 채 살아가고 있어요. 천천히 우리가 보고 싶은 것, 추구하는 것을 지그시 눈으로 지켜보고 의도적으로 서두르지 않는 것도 필요하다고 생각해요. 바로 개츠비가 저에게는 그런 과정을 연습하게 해줍니다. 정신적인 지주랄까요. 저를 붙잡아주는 닻이랄까요. 전 그렇게 『위대한 개츠비』를 마음속 한편에 두고 작가라는 하나의 길을 걸어 나가고 있답니다."◆

◆ 일본 요미우리(読売新聞) 이메일 인터뷰 『위대한 개츠비』 번역 기념(2006)

하루키는 소설과 에세이, 수상 소감 등 표현하고 발언할 기회가 주어질 때마다 스콧 피츠제럴드를 광범위하게 애용한다. 본인이 받은 최고의 조언에 관해 묻는 말에는 '남들과 다른 이야기를 하고 싶다면, 남들과 다른 언어를 써라.'라고 이야기하는데, 이 말은 『바람의 노래를 들어라』로 군조신인상을 수상했을 당시, 문예지에 작품과 함께 실린 수상 소감에서도 언급되었고 인터뷰를 통해서도 여러 차례 이야기한 문장이다. 하루키는 학창 시절 이 문장을 읽고 마음에 깊이 새겼고, 작가로서도 큰 도움이 되었다고 한다.

하루키 자신의 또 다른 분신인 『노르웨이의 숲』의 주인공 와타나베를 통해 애정을 드러내기도 한다. 햇빛이 드는 식당에 앉아 『위대한 개츠비』를 읽고 있는 와타나베에게 나가사와 선배는 재미있는지 묻는다. 와타나베는 '세 번째 읽고 있는데, 읽으면 읽을수록 재밌다'라고 답하고, 사후 30년이 되지 않은 작가의 책은 읽지 않는다는 나가사와 선배는 '『위대한 개츠비』를 세 번 읽은 사람은 나와 친구가 될 수 있지'라고 화답하며 둘은 친구가 된다.

하루키는 2006년 『위대한 개츠비』가 출간된 지 80년 만인 그의 나이 57세에 그가 가장 사랑하는 작품을 번역했다. 하루키는 소설을 다 쓰고 휴식 기간에 번역 작업을 해왔는데, 『위대한 개츠비』만은 번역을 하지 않은 채 두었었다.

"『위대한 개츠비』를 번역하는 것은 정말 어렵다고 생각해요. 피츠제럴드의 팬으로서 이 문장이 무슨 말을 하려고 하는 건지 잘 알지만, 이 문장을 일본어로 번역하는 것은 정말 어려워요. 이 소설을 정말 번역하고 싶지만, 이런 문장들로 인해 저는 아직 못 할 것 같아요. 아직 때가 아니라고 생각해요."◆

◆ 미국 프린스턴대 인터뷰(1991, 인터뷰어: 호세이 히라타)

일본 내 다른 번역가에 의해 출간된 번역본이 있었지만, 하루키는 자신이 그 작품을 번역할 수 있는 때가 오기만을 기다렸고, 11번째 장편 『애프터 다크』를 끝내고 드디어 『위대한 개츠비』 번역 작업에 들어갔다. 번역을 완수하고 가진 인터뷰에서, 『위대한 개츠비』가 얼마나 하루키에게 운명적인 작품인지 다시 한번 고백한다.

"말로 설명하기 참 어렵습니다. 하지만, 사람과 사람의 만남이 아닌 사람과 소설의 만남으로 생각해보면 이해하기 쉬울 것이라는 생각은 듭니다. 우리는 우리의 삶 속에서, 많은 사람을 만나기 마련입니다. 때로는 그런 만남 속에서 운명적인 만남도 존재할 것이고요. 이러한 만남은 때로는 당신의 인생을 확 바꿔버릴 수도 있어요. 이런 만남은 새로운 문으로 다가가 그 문을 열어 새로운 사람을 만나는 것과 같아요. 좀 더 부연하자면 당신의 몸 전체가 완전히 새롭게 바뀌는 느낌이라고 얘기할 수 있을 것 같아요. 이렇게 『위대한 개츠비』는 저에게 지극히 개인적인 소설로 남다르게 다가왔다고 할 수 있답니다."◆

◆ 일본 요미우리(讀賣新聞) 이메일 인터뷰 · 『위대한 개츠비』 번역 기념(2006)

하루키는 2017년 『기사단장 죽이기』의 주인공으로 와타루 멘시키를 등장시킨다. '색이 없다'라는 의미의 멘시키는 IT업계의 거물이자 신비로운 캐릭터로 등장하는데, 하루키는 멘시키라는 인물이 『위대한 개츠비』 속 개츠비의 오마주라고 고백했다. 개츠비가 그가 사랑하는 데이지의 집이 보이는 곳에서 사는 것과 같이 멘시키는 아마도 그의 딸이라고 생각되는 마리에가 사는 집을 볼 수 있는 오다와라 외곽의 저택에 살고 있다. 데이지에 대한 사랑을 목표로 가난한 삶에서 화려한 삶을 누리는 부자가 된 개츠비와 일찌감치 성공한 재력가인 멘시키의 설정은 다르지만, 이렇게 하루키는 가장 사랑하는 소설인 『위대한 개츠비』에 대한 경의의 표현으로 자신의 소설 속에 개츠비를 오마주하는 캐릭터를 만들어 냈고, 독자에게 어필하는 매력으로 유효하게 작용했다.

스콧 피츠제럴드는 44살이라는 왕성하게 활동했었어야 할 나이에 알코올 중독 합병증인 심장마비로 죽음을 맞이했다. 또한 하루키가 좋아했던 트루먼 카포티는 50대에, 자신의 이상향이라고 얘기하는 도스토옙스키는 59세에 세상을 떠났다. 이미 그들의 나이를 넘어선 하루키는 65세 때 진행한 인터뷰에서 '현재는 어떤 롤모델이 없는 상태'라고 고백했다. 하루키가 80세에는 어떤 이야기를 쓰고 있을까. 롤모델이 없는 앞으로의 항해는, 조류를 거스르는 배처럼, 과거로 떠밀려가도 앞으로 계속 나아간다는 피츠제럴드의 메시지와 같을 것이다.

그의 세계에 계속 머무르게 하는 힘.

메타포

이야기가 어떻게 진행될지 미리 구상하지 않고 써 내려가는 하루키의 소설 집필 방식의 비밀은 모든 인터뷰어가 가장 궁금해하는 부분이다. 줄거리를 미리 구상하지 않냐는 질문에 돌아오는 답변은 어김없이 '그런 것은 없다.' 심플하다. 기대한 답을 듣지 못한 인터뷰어는 더 질문을 해도 소용없음을 깨닫고 다른 질문으로 쿨하게 넘어가곤 한다.

"존 어빙이 예전에 저에게 이렇게 말했던 적이 있어요. '내 소설의 결말이 어떻게 될지 모르겠어요.'라고요. 전 소설을 진행하는 데 있어서 어떤 신호도 없이 진행해요. 지도 없이 여행하는 기분이죠. 제가 필요로 하는 한가지는 저에 대한 자신감이고, 이 소설을 시작해서 끝을 낼 수 있다는 믿음이에요. 저 스스로 이런 확신이 서지 않는 이상, 작업을 시작하지 않아요."◆

◆ 네덜란드 NRC 한델스블랏(NRC Handelsblatt) 인터뷰(2014)

하루키는 하나의 이야기를 시작할 때, 가장 중요한 것은 '계획을 세우지 않는 것'이라고 말한다. 어떤 아이디어로 흥미로운 이야기가 시작될 것 같다는 생각과 자신감이 들 때, 자신을 믿고 머릿속에 있는 스토리를 자연스럽게 써 내려가다 보면 땅속 깊이 있던 지하수가 나오듯이 이야기가 자발적으로 나온다는 것이다. 『1Q84』의 경우, 조지 오웰의 『1984』에서 1년 뒤인 『1985』라는 제목으로 이야기를 쓰고 싶었지만, 이미 『시계태엽 오렌지』로 유명한 앤서니 버지스의 작품이 있어서 『1Q84』라는 제목을 생각해 냈고, 뒤이어 아오마메라는 이름이 자연스럽게 나왔다. 이때 이건 되겠구나 싶었고, 산겐자야 부근의 수도고속도로 3호선에서 차를 세우고 비상계단으로 내려간 사람에 대한 뉴스를 들었던 기억으로 기나긴 소설의 이야기를 시작했다고 한다.

전체 스토리라인에 대한 사전 구상에 관해서는 하루키도 더 이야기할 게 없지만, 문장을 만들고 어떤 소재의 이야기를 가지고 어떻게 문장 하나하나를 만들어가는지에 대해서는 몇 가지 힌트를 주기도 하였다. 하루키는 자신이 가진 소설가로서 자질이나 기술적인 부분은 비교적 친절하게 알려주고자 노력한다. 2017년 『직업으로서의 소설가』를 통해서는 어떤 이야기를 쓸지, 어떤 주인공을 그릴지, 초고를 쓴 이후 수정하는 방식에 대해서 등 솔직하게 자신의 소설 방법론을 이야기하였다.

『수리부엉이는 황혼에 날아오른다』에서는 그가 글을 쓸 때 생각하는 작법 두 가지를 밝혔다. 먼저, 대화를 쓰는 방법인데, "내 말 듣고 있는 거야?"라는 질문 뒤에는 "듣고 있어."가 아니라 "나 귀머거리 아니야."로 역동감 있게 이어져야 한다는 것이다. 두 번째는 비유다. 구체적으로 말하면 은유법인데, 하루키가 문장의 기술적인 측면을 배운 레이먼드 챈들러가 쓴 은유법 '내가 잠 못 이루는 밤은, 뚱뚱한 우편배달부만큼 드물다.'라는 문장을 예로 들며, 이런 비유를 적절히 쓰면서 독자들이 지루하지 않게 해야 하며, 불필요한 묘사로 이야기의 흐름을 방해하지 않도록 비유에 문장을 '맡긴다'라는 감각이 중요하다고 말한다.

소설 속에서 재치 있고 유쾌한 비유를 쏟아 내는 하루키에게 한 평론가는 온갖 비유를 다 적어둔 노트가 분명히 있을 것이라는 얘기를 하기도 했다. 하루키는 이런 감각을 초기작부터 유지해 오고 있다. 가장 인상적인 비유로는 뭐니 뭐니 해도 『바람의 노래를 들어라』에서 주인공 '나'가 제이스바에 들어가면서 하는 말이다.

"가게 안에는 담배와 위스키와 감자튀김과 겨드랑이 밑과 시궁창 냄새가 바움쿠헨의 무늬처럼 정확히 떠돌고 있었다."

다음 소설 『1973년의 핀볼』에서도 '나'가 친구 쥐를 비유하는 인상적인 표현이 등장한다.

"날개가 잘린 겨울 파리처럼, 바다를 앞에 둔 강물의 흐름처럼 무력하고 고독했다."

하루키에게 비유란 앞으로 어떻게 이야기가 전개될지 본인도 모르는 상태에서 적절하게 문장의 흐름을 유지하고, 긴장도 주는 기능적인 역할을 한다. 이는 철저하게 레이먼드 챈들러를 비롯한 그가 학창 시절부터 탐독했던 책들로부터 체득한 것이다.

문장을 만드는 방법으로서의 비유를 사용하는 것 외에 하루키의 작업에 있어서 비유라는 것은 현실을 더 현실답게 그려내어 독자들에게 제시하기 위함도 있다. 소설을 통해 현실을 재창조하면서 진짜 현실에 다가가려 하지만, 현실의 본질은 쉽사리 드러나지 않는다는 것을 그는 자각하고 있다. 어떤 현실에 대해 있는 그대로 분석하려고 들면 이야기는 딱딱해지고 무거워지게 된다. 하루키는 이런 과정에 기묘하고 비현실적이고 때론 과격한 비유가 도움이 될 수 있다고 얘기한다. 그에게 현실 세계의 중심에 다가가는 방법으로 비유를 사용하는 것은 아주 자연스럽고 절실한 것이며 독자들이 그의 세계에 계속 머무르게 하는 힘이다.

모든 것은 그저 지나간 것.

교토

1869년까지 천년 넘게 일본의 수도였던 교토는 일본 불교문화 융성의 중심에 있던 도시다. 1천 6백 개의 절과 일본 국보의 1/5을 지니고 있고, 숱한 전쟁 속에서도 문화재와 전통적인 가옥이 잘 보존되어 있어 지금도 일본의 정신적 중심지로 기능한다. 2023년에는 중앙정부 관청인 문화청도 교토로 이전하며 그 기능은 더 강화되었다. 교토대학교는 각종 분야의 연구에 대한 놀라운 성취를 보여주며 노벨상 배출지로도 정평이 나 있다. 하루키와 함께 마라톤에도 참가하여 친분을 쌓았고 줄기세포 연구로 노벨생리의학상을 받은 야마나키 신지 교수가 유명하고, 하루키의 정신적인 버팀목이었던 가와이 하야오도 교토대학교를 기반으로 심리학 연구와 후학 양성에 힘을 쏟았다.

일본은 백제로부터 전파된 불교를 적극적으로 받아들였고, 토착 신앙인 신도(神道)와 함께 일본인의 정신과 생활에 깊게 침투하게 되었다. 하루키의 조부는 경제적, 사회적으로 영향력이 있는 교토 정토종의 절 안요지의 주지승이었다. 하루키는 조부의 영향으로 불교적인 문화와 가풍의 영향을 받고 자랐고 조부가 사고로 갑자기 돌아가시고 차남인 하루키의 아버지가 절을 이어받을 수도 있었지만, 어머니의 반대로 무산되기도 했는데 만약 하루키가 고베로 이사하지 않고 교토에서 계속 살았다면 그의 인생이 어떻게 변했을지 알 수 없는 것이다.

하루키는 어머니의 강한 의지와 교사였던 부모님의 직업 문제로 2살이 되던 해에 한신칸 니시노미야로 이사했다. 항구 도시 고베에서 러시아, 미국 소설과 재즈, 팝을 들으며 학창 시절을 보냈고 러시아, 미국 소설을 탐독하면서 그 세계에 빠져들었지만, 동양적인 불교적 사상과 의식도 어린 시절부터 자연스럽게 체득되었다고 볼 수 있다. 내면으로 수행하는 동양의 정신과 외부로 발산하는 화려한 미국의 문화가 적절하게 융합한 것이다. 하루키도 이 점을 부정하지 않는다. 일본인의 대부분은 애니미즘 사상을 바탕으로 한 신도를 섬기며, 불교를 자신의 종교로 여기는 사람도 7천만에 달한다. 하루키는 자신의 작품 속에 나타나는 이런 동양적이고 불교적인 이미지를 인터뷰와 연설을 통해 서양 독자들에게 설명해 왔다.

"저 스스로 종교인이라고 말할 수 없지만, 분명히 할아버지나 아버지로부터 영향을 받은 것은 사실일 것입니다. 제 작품에 종교적인 영향을 느꼈다고 한다면, 그것은 그 나름대로 사실이겠지만, 저는 그런 점을 스스로 깨닫지는 못한답니다."◆

◆ 에콰도르 문학의 밤 행사 (2018, 인터뷰어: 라울 페레스 토레즈 장관)

"일본어에는 무상(無常)이라는 말이 있습니다. 언제까지나 계속되는 것은 없다는 것입니다. 세상에 태어난 모든 것들은 곧 소멸하고, 그치지 않고 변하기 마련이죠. 영원한 안정이라든지, 불멸, 불변은 어디에도 없습니다. 이것은 불교의 세계관이지만, 이 무상 개념은 종교와는 조금 다른 맥락에서 일본인의 정신에 강하게 속해 있는 민족정신 구조로, 고대로부터 계속 전해져 오는 것입니다. '모든 것은 그저 지나간 것'이라는 관점은 이른바 '포기의 세계관'입니다. 사람이 자연의 흐름에 반하는 것은 결국 쓸모없는 일이라는 관점입니다. 모든 것이 영원한 것은 없다는 것을 받아들이는 것입니다."◆

◆ 카탈루냐 국제상 수상 연설(2011)

하루키가 학창 시절 접한 다양한 구전 문학과 전통 문학의 배경지도 불교 세계관을 바탕으로 한 교토인 경우가 많다. 하루키가 좋아하는 이야기 중 하나는 9세기 초 교토에 살던 오노노 타카무라라는 귀족에 관한 이야기이다. 낮에는 황궁에서 일하고 밤에는 우물을 통하여 지하 세계로 내려가 염라대왕의 비서로 일하는 일화다.

또한 우에다 아키나리의 「이세의 인연」을 좋아하여 『기사단장 죽이기』로 가져오기도 했다. 스스로 미라가 되기 위해 즉신불(卽身佛)◆이 되기 위한 수행의 과정으로 무덤으로 내려가서 수양하다가 미라가 된 후, 다시 환생하여 다른 삶을 살게 된다는 이야기이다. 세상에 대한 냉소적인 시각을 가지고 있었던 우에다 아키나리는 현실을 벗어난 다른 세계의 이야기를 그리고 싶었던 것으로 보인다. 하루키는 우에다 아키나리의 무덤이 있는 교토의 절에서 아버지의 장례를 치렀는데, 그의 무덤에는 '게'가 새겨져 있었다고 한다. 오직 옆으로만 걷는 무언가를 새겨달라는 그의 유언을 따랐다고 하는데, 통속적인 삶을 거부하는 기지가 하루키와 닮았다.

◆ 살아 있는 스님이 곡기를 끊고 참선하며 스스로 미라화하며 불상화 되는 것.

하루키는 교토에서 태어났고, 교토와 그를 기반으로 하는 불교라는 정신적 기반하에 영향을 받은 것은 사실이지만, 교토라는 도시 자체에 대해서는 산으로 둘러싸인 닫힌 환경과 자신의 마음을 다 드러내지 않는 사람들의 사고방식을 들며 도쿄나 고베보다 애정을 느끼지 못하는 듯하다. 하루키는 자신의 고향은 교토가 아니라 근사한 산과 바다가 공존하는 한신칸과 고베라고 얘기하곤 한다.

열려있는 항구 도시에서 물밀듯이 밀려드는 미국 문화의 파도를 향유하며 작가로 성장할 수 있었던 하루키에게 고베에서의 찬란한 시절은 그 무엇과도 바꿀 수 없는 것이다. 하지만, 교토라는 지리적인 배경과 불교라는 사상적인 배경이 하루키의 의식에는 분명히 자리 잡고 있고, 그로 인한 반작용으로 다른 세계로 활짝 열린 그의 문학적 성취가 가능했을지도 모른다.

교토는 하루키가 좋아하는 러닝 코스인 가모강과 난젠지의 두부 요리, 전통 가이세키 요리를 맛볼 수 있는 료칸이 많다. 하루키가 『노르웨이의 숲』에서 나오코가 요양하는 '아미료'의 지리적

인 모델로 삼은 교토 히로가와라 지역의 료칸 '미야마소'도 경험해 볼 만하다. 교토 사철 데마치야나기역에서 32번 버스를 타고 2시간 정도 들어가면 된다. 와타나베의 여정을 따라 역 안에 있는 베이커리 〈시즈야〉에서 빵과 음료를 사보는 것도 좋다. 차분히 사색을 할 수 있는 곳으로는 교토의 가장 유명한 절인 기요미즈데라(清水寺)도 좋지만, 하루키가 인터뷰에서 언급한 사찰 '비샤몬도(毘沙門堂)'를 추천한다. 고즈넉한 교토 내에서도 가장 여유로운 사색의 시간을 즐길 수 있다. 산책을 마친 후, 저녁 식사는 하루키가 매일 빵과 수프로만 허기를 채웠던 아토스 반도 도보 여행을 마치고 일본으로 돌아가 가장 먹고 싶은 음식으로 꼽은 야키네기(파구이)와 맥주는 어떨까. 고소하고 달콤한 맛을 지닌 교토의 명물 '구조네기'(九ねぎ)는 교토 여행객이라면 꼭 맛봐야 하는 음식이다.

조금 더 주체적이고
세밀한 여성 캐릭터를 그리고 싶다.

가와카미 미에코

하루키는 1991년 1월 고향 한신칸과 고베 지역에 발생한 지진으로 육체적, 정신적 피해를 본 주민들을 위해 무엇을 할까 고민 끝에 같은 해 두 차례의 자선 낭독회를 가졌다. 그로부터 2년 뒤에는 아시야부터 고베까지의 15km의 피해 지역을 직접 걸어보는 도보 여행을 하기도 했다. 모토마치 회관과 아시야 대학에서 두 차례 진행된 낭독회는 금세 매진이 되었고, 하루키는 고향의 추억이 담긴 초기 단편 「장님 버드나무와 잠자는 여자」를 차분히 낭독했다. 당시 서점에서 일하던 19살의 가와카미 미에코는 낭독회 전단을 보고 바로 전화로 참가 신청을 했고, 이틀 모두 낭독회에 참가하여 잊지 못할 시간을 보냈다.

동생의 학자금을 벌기 위해 밤낮으로 일을 하고 있던 그녀는 십대 중반부터 읽어오던 작가가 차분히 자신의 소설을 낭독하는 순수한 작가적 진정성에 어떠한 위로와 용기를 얻었을지도 모른다. 이듬해 도쿄로 올라와 철학 공부를 시작했고, 졸업 후 가수로 데뷔하기도 하였다. 하루키의 자선 낭독회 이후 글을 쓰고자 하는 열망의 씨앗이 그녀 안에 발아되었을지 모를 일이지만, 글을 쓰기 시작하며 작가로 데뷔하였다.

2008년 두 번째 작품 『젖과 알』로 138회 아쿠타가와상을 수상한 그녀는 여성의 시각으로 일본 사회 속 여성에게 놓인 다양한 부조리한 환경에 대해 세밀하게 파고들었다. 지금 일본에 사는 여성들에 대한 글을 쓰는 그녀는 여전히 성차별이 심하고, 양성평등

교육이 충분치 않으며, 여성은 남성의 쾌락을 위해 존재한다는 인식이 뿌리 깊게 박혀 있는 일본에서 "미에코의 책은 젊은 사람들에게는 더는 필요가 없어."라는 말이 나올 정도로 성평등에 대해 더는 신경 쓰지 않아도 되는 상태가 오기를 바라며 글을 쓰고 있다. 이런 그녀에게 하루키의 작품은 일면 거북스러운 부분도 있었을 것이다. 남자 작가가 그리는 여성 캐릭터의 수동적이면서 순전히 남자 주인공이 이루고자 하는 목적을 위해서만 존재하는 제한적인 모습에서, 하루키와 미에코 두 작가는 자신이 표현하고자 하는 부분에 있어서 대척점을 가지고 있다고 볼 수 있다.

2015년 그녀는 하루키와 인터뷰를 할 기회를 얻자 큰 욕심을 버리고, 단순하게 독자로서 세계적인 남성 작가는 어떤 의도로 여성 캐릭터를 창조하고 역할을 부여하는지 물었고, 이 인터뷰는 몇 차례 더 진행되며 단행본 『수리부엉이는 황혼에 날아오른다』로 출간되었다.

그녀가 하루키를 집요하게 인터뷰한 이 대담집은 그녀의 솔직하면서도 같은 작가로서의 순수한 궁금증이 그대로 느껴지는 매력에 독자들로 하여금 흐뭇한 미소를 짓게 만든다. 하루키의 머릿속에서 자유롭게 그때그때 튀어나오는 기가 막히는 비유들을 같은 작가로서 부러워하기도 하고, 인터뷰어로서 꼭 듣고 싶은 질문을 던진 후, 하루키가 살짝 의뭉스럽게 대답하면 그 지점을 정확히 다시 짚어 처음의 질문을 계속 건네기도 한다. 페미니즘 작가로 분류될 수 있는 그녀가 남자 작가인 하루키에게 던지는 작품 속 여성이 가지는 역할에 관한 질문이 인터뷰 전체 여정 중 가장 백미라고 할 수 있다.

먼저 그녀가 가장 궁금해한 것은 여성 캐릭터가 지나칠 정도로 성적인 역할만 부여받는 것은 아닌가에 대한 이야기이다. 『노르웨이의 숲』 발표 후, 이름만 대면 알만한 사람으로부터 '자식들에게 보여주기에 부끄러운 소설 따위는 쓰지 말라.'라는 이야기까지 들었을 만큼 성적인 표현이 넘쳐나는 이야기가 불편하게 느껴졌던 독자들도 많았다. 미에코 역시 하루키에게 소설 속 여성 캐릭터가 부여받는 수동적이고 제한적인 역할에 이의를 제기하였다. 남자 주인공의 자아실현이나 욕구 충족의 대상이 되는 것이 반복되는 것처럼 느끼는 독자들도 꽤 있다는 이야기이고, 이 부분은 국내 독자들도 느끼는 부분이다.

하루키는 작품 속 여자 캐릭터가 부여받는 '다른 세계로 이끌고 가는 영매로서 역할'에 대해서는 자신의 학창 시절에 경험했던 긍정적인 기억이 바탕이 되었다고 답변했다. 중학교 때 같은 반 여자아이에게 손을 붙잡혀 어디론가 끌려갔던 경험이 몇 번 있었는데, (어디로 끌려갔고 그래서 어떤 일이 있었는지는 기억나지 않지만) 어디론가 이끌려 갔던 이런 자신의 체험을 바탕으로 소설 속 여자 등장인물들의 역할이 부여된 부분이 있다고 고백한다. 또한 남성 작가로서 여자를 묘사하는 데에는 한계가 있고, 캐릭터에 관해 구체적인 자아를 묘사하는 것보다는 캐릭터 간의 관계성을 중심으로 묘사한다는 점을 강조하였다. 즉, 여성 캐릭터의 수동적인 모습은 다른 의도가 있는 것이 아니라, 여성에게는 남성이 가지지 못한 다른 기능이 분명하게 있다고 생각하기에 나름의 역할을 부여한 것이다. 이 부분에 있어 독자들의 다른 오해가 있다면 사과할 용의도 있다고 했다. 자신의 의식의 밑으로 내려가 일인칭 남자 주인공의 시점으로 이야기를 써 온 하루키에게 남자 주인공이 이야기를 이끄는 소설 속에 등장하는 여성 캐릭터의 역할이 부차적이거나 혹은 수동적인 안내자의 역할 정도만 수행하는 것이 일면 불가피해 보이기도 한다.

하루키의 작품 속에서 의지를 가지고 대의를 위해 행동하는 여성 캐릭터가 처음 등장한 것은 『1Q84』의 아오마메인데, 이 소설이 삼인칭으로 쓰인 것을 보면 하루키가 여성 캐릭터를 제삼자의 관점에서 그리게 되면서 새로운 역할이 부여된 것이 아닐까.

"아오마메는 분명한 의지로 자립적으로 움직이는 여성입니다. 이런 여성상은 저도 쓰면서 즐거웠습니다. 신선했고요. 만약 여성 독자가 아오마메라는 캐릭터에 공감해준다면, 나로서는 더없이 기쁘겠습니다.*

* 일본 잡지 생각하는 사람 인터뷰 (2010, 문학동네 잡지 수록)

하루키는 『1Q84』를 쓴 2000년대와 1990년대는 확실히 여성에 대한 인식의 차이가 크다고 고백하지만, 의도했던 바는 아니었으며 점차 여성 캐릭터를 좀 더 주체적이고 세밀하게 그리고 싶다고 한다. 하루키의 소설에서 터프하고 정의로운 아오마메를 능가하는 여성 캐릭터를 다시 한번 보게 된다면, 전 세계 독자들을 대신해 민감할 수도 있는 질문을 던져 사실상 하루키의 사과를 받아내기도 한 가와카미 미에코에게 감사해야 할 일일지도 모르겠다.

부정적 공간을 그리는 상냥한 화가.

더 뉴요커
The New Yorker

뉴요커(The New Yorker)는 1925년 창간된 미국 뉴욕을 기반으로 하는 종합 문화지로 매년 47권의 간행을 통해 당대의 사회 문화적 이슈를 에세이, 평론, 만화, 시, 단편소설 등으로 유쾌하면서도 심도 있게 다룬다. 미국 뉴욕의 문화를 주로 다루지만, 뉴욕 외 전 세계 독자들을 보유하며 세계 문화의 흐름을 주도한다는 세련된 자신감으로 쌓인 명성은 뉴요커를 통해 데뷔한 세계적인 작가들의 면면을 봐도 잘 알 수 있다. 하루키도 애독하는 노벨문학상 수상 작가 가브리엘 마르케스나 밀란 쿤데라가 뉴요커를 통해 데뷔했고, 어니스트 헤밍웨이, J.D. 샐린저, 트루먼 카포트, 필립 로스, 앨리스 먼로, 존 업다이크 등 그야말로 최고의 작가들이 뉴요커에 글을 실었다. 뉴요커에 글을 쓸 수 있는 사람은 그야말로 최고의 지성인으로 대우받는다고 할 수 있다. 뉴요커의 편집 방향에 맞지 않으면 제아무리 날고 기는 작가라 할지라도 글을 싣지 못한다. J.D. 샐린저의 『주이』가 긴 분량과 지나친 종교색을 보인다는 이유로 게재를 거절당한 일화는 유명하다. 결국 그를 높게 평가하고 있던 편집장에 의해 대폭의 교정을 거쳐 게재되었다.

미국에서 태어났지만 5살 때부터 일본에서 살며 하루키와 같은 와세다 대학을 졸업한 34세의 청년 알프레드 번바움은 하루키의 데뷔작 『바람의 노래를 들어라』와 『1973년의 핀볼』을 번역하고자 고단샤 출판사에 메일을 보냈다. 번역해봤자 미국에서 잘 안 될 것으로 생각했던 하루키는 하고 싶은 대로 하라며 영어 번역을 허락했다. 그렇게 하루키의 작품이 처음으로 미국에서 번역 출간되게 되었고, 뒤이어 1990년 번역된 단편집에 실린 『TV피플』이 뉴요커지에 처음 실리게 되었다. 평소 애독하고 있던 잡지였고, 뉴요커에 글이 실린다는 것이 의미하는 바를 너무나 잘 알고 있기에 믿을 수가 없어 그야말로 경악했었다고 회상한다. 이제 자신의 글도 세계에 진출한다는 기쁨 이전에 뉴요커에 글이 실린 것 그 자체가 환상적인 일이었다.

그리고 『양을 둘러싼 모험』이 출판되었고, 뉴요커의 편집 위원을 지내기도 한 존 업다이크가 뉴요커에 작품에 대한 호의적인 장문의 평론을 남겼다. 이렇게 잇달아 하루키의 단편이 뉴요커에 게재되기 시작하였고, 1993년에는 뉴요커와 우선 게재 계약을 맺었다. 이것이 국제적인 작가가 되는 강력한 첫발이 되었다. 존 업다이크는 77세의 나이로 세상을 떠나기 4년 전인 2005년 뉴요커지에 게재한 『해변의 카프카』에 대한 평론을 통해, 비현실적인 어둠의 세계로 빠져든 후 다시 탈출해 현실로 힘차게 복귀하는 카프카 소년을 언급하며 "무라카미는 부정적 공간을 그리는 상냥한 화가이다."라고 표현하기도 했다.

이후 본격적인 미국 진출을 위해 에이전트를 결정하고 Knopf 출판사와 계약을 하면서 본격적으로 그의 작품들이 영어로 번역 출간되었다. Knopf의 스태프들과는 계속 일을 해 오고 있어서 말하지 않아도 통하는 부분이 많다고 한다. 30년 넘게 계속 같이 일하면서 가족과 같은 유대감이 생겼을 것이다. 이렇게 미국 뉴욕이 허브가 되기 시작하면서 다른 나라까지 번역 출간이 이어졌다.

지금까지 뉴요커에는 수많은 하루키의 에세이와 단편소설이 실렸고 주요 장편이나 에세이가 출간될 때마다 빠지지 않고 인터뷰를 진행해 왔다. 특히 아버지의 전쟁 체험을 후대에 전하고자 마음먹고 써 내려간 『고양이를 버리다』의 경우 단행본이 나오기 전에 뉴요커에 먼저 전문이 번역되어 실리기도 했다. 세계 공통 언어를 통해 빠르게 전 세계 독자들에게 전하고 싶은 메시지였을 것이기도 하고, 뉴요커를 얼마나 가치 있게 생각하는지도 알 수 있다. 뉴요커에 기고한 2013년 보스턴 마라톤 대회 테러 사건에 대한 추모와 위로의 글을 통하여, 6번이나 참가했던 가장 좋아하는 마라톤 대회에서 발생한 참상에 대한 위로와 함께 아픔과 상처를 잊지 말고 계속 간직하며 각자의 역사에 축적 시켜나가야 한다는 메시지를 던지기도 했다.

하루키는 뉴요커를 통해 미국과 세계 각국의 독자들과 만나게 된 것은 분명 감사하고 말로 설명할 수 없이 행복한 일이라고 밝혔다. 특히 일본 출판 시장이나 문예 사회라는 폐쇄적인 곳에 갇혀 그곳의 가치관에 묻히면 시야가 좁아질 수 있으니, 일본을 벗어나 세계 독자와 만나는 것은 작가에게 매우 귀중한 것이라고 강조한다. 일본에서는 다음 작품을 쓰면 평론가들로부터 어떤 말을 듣게 될까, 다음에는 어떤 상을 노려볼까, 생각하게 되지만, 그런 것은 생각하지 않고 오직 독자와 작가로서 더 넓고 더 높은 수

준에 도전한다는 성취감이 중요하다고 말한다. 다른 가능성이 활짝 열리는 느낌을 가지고 조금 더 자유롭게, 이야기를 쓰는 그 즐거운 행위 자체를 소중히 하는 하루키의 간절한 마음이 닿아 보다 많은 세계의 독자들과 만날 수 있던 것이 아닐까.

하루키는 뉴요커지에서 주최하는 뉴요커 페스티벌에 강연자로 참석하기도 하고 다양한 활동을 뉴요커지와 함께 계속해 오고 있다. 하루키를 직접 보고 싶다면 가장 가능성이 큰일 중의 하나가 뉴요커 페스티벌이 열리는 10월에 뉴욕을 방문하는 것이다. 하루키는 타임머신이 있다면 1954년의 뉴욕 재즈 클럽으로 가서 클리포드 브라운과 맥스 로치의 5중주의 연주를 듣고 싶다고 했는데, 뉴욕에는 역사를 자랑하는 전설적인 재즈바들이 여전히 성업 중이다. 하루키가 최고로 꼽는 재즈바인 〈빌리지 뱅가드〉, 〈버드랜드〉, 〈스모크〉를 차분히 즐기며 재즈로 더욱 무르익을 뉴욕의 가을을 만끽해 보면 어떨까.

자신의 의식 밑으로 내려가
처음 발견한 우물.

우물

마음의 밑바닥으로 내려가는 의식적인 행동을 통해 어둡고 축축한 그곳에서 무언가를 발견하는 것을 작가로서의 책을 쓰는 행위이자, 독자로서의 책을 읽고 빠져드는 행위라고 이야기하는 하루키는 본능에 의존해서 그 어둠으로부터 무엇을 끌어내야 할지 스스로 결정할 수 있다고 믿으며 소설을 쓰고 있다. 이렇게 의식의 밑으로 침잠하는 것이 일면 두렵고 때론 위험한 일일지 모르나, 어떤 의미에서는 사회 저변에 이미 형성되어 있는 '논리'나 '명제' 혹은 '이전 사례'들에 의존하는 것이 오히려 더 위험한 일이 될 수 있다고 이야기해왔다. 하루키가 이렇게 마음의 밑바닥에서 발견한 것이 『양을 쫓는 모험』에서는 '양사나이'였고, 『세계의 끝과 하드보일드 원더랜드』의 인간의 잠재의식을 이용한 변환술인 '셔플링'이었으며, 『태엽 감는 새』의 '우물의 벽을 통과해 다른 세계로 가는 것', 『기사단장 죽이기』에서는 '기사단장'이었다.

하루키가 소설을 쓰면서 자신의 의식 밑으로 내려가 처음 발견한 것은 우물이다. 우물은 데뷔작 『바람의 노래를 들어라』에서 처음 등장한다. 주인공 '나'는 흠모하는 작가 데릭 하트필드의 「화성의 우물」이라는 단편을 통해 화성의 표면에 무수하게 만들어진 바닥이 없는 우물로 들어간 청년 이야기를 접한다. 죽기 위해 우물로 들어간 청년은 연결된 다른 우물로 나와 태양의 이상한 점을 발견하였고, 바람이 전해주는 태양의 쇠퇴와 소멸에 관한 이야기를 듣고 자신의 관자놀이에 총을 대고 방아쇠를 당긴다.

"저는 소설을 쓸 때 '상실'이라는 소재에 끌리는 경향이 있습니다. 예상치 못한 순간, 갑자기 사라져 버린 무언가를 발견하게 됩니다. 예를 들어, 들판을 가로질러 걸어가다가 우물에 빠지게 됩니다. 이유를 명확히 설명하긴 어렵지만, 그런 상황에 매료된답니다. 거기에 있어야 할 것이 없고, 거기에 있어야 할 사람이 없습니다. 그때 바로 제 이야기가 시작됩니다."◆

◆ 단편「With the Beatles」 미국 잡지 뉴요커(The New Yorker) 게재 인터뷰 (2020)

우물로 내려가는 것은 죽음의 이미지와 연결된다. 『1973년의 핀볼』에서는 나오코가 우물을 파는 남자에 대해 이야기하는데, 그는 어느 날 기차에 치여 온몸이 갈기갈기 찢기고 흩어진다. 이 이야기는 동일 인물로 볼 수 있는 『노르웨이의 숲』의 나오코가 얘기하는 초원과 잡목 숲이 시작되는 경계선에 있는 지독하게 깊은 우물 이야기로 옮겨간다. 그 우물에 사람이 빠져 죽지만 우물은 그 누구에게도 발견되지 않으며 심리적인 우물, 현실 세계를 벗어나 비현실 세계로 가는 메타포로 작용한다. 그리고 우물이 하루키의 작가 생활에 가장 크게 임팩트를 남긴 것은 40대를 넘기며 작가로서의 새로운 챕터에 놓인 시기에 미국에서 집필한 『태엽 감는 새 연대기』이다. 주인공은 우물로 내려가서 다른 세계로 벽을 뚫고 가는 것을 최초로 시도하며 과거의 어두운 역사적 사실과 조우하는 것에 성공하고, 독자들도 동일한 체험을 하게 된다.

문학사상사의 『태엽 감는 새 연대기』 초판 3권◆의 책날개에는 우물에 대한 해석이 적혀 있다. 우물은 일본어로 '이도(いど)'라고 읽는데, 이것은 프로이트가 얘기하는 자아와 초자아가 형성되기 이전 태어날 때부터 가지고 있는, 본능적인 욕구를 관장하며 내부의 욕구나 긴장, 충동 등에 관여하는 '이드 id'와 동일하게 읽힌다는 해석이다. 여러 인터뷰어도 이와 같은 맥락의 해석을 제시하며 하루키의 답을 듣기 위해 귀를 세워보지만, 작가가 이야기의 해석을 제시하는 것에 대해 부정적인 하루키는 애써 답을 피하곤 한다.

◆ 문학사상사 『태엽 감는 새 연대기 3』(1995)

"저는 우물을 아주 좋아해요. 그리고 냉장고도 좋아하고, 코끼리도 정말 좋아하죠. 제가 좋아하는 많은 것들이 있어요. 제가 좋아하는 것들에 관해 쓸 때, 행복감을 느낍니다. 어렸을 때 집에 우물이 있었고, 항상 우물을 들여다보며 상상력이 커진 것도 있는 것 같고요. 레이먼드 카버의 단편 중 말라 버린 우물에 떨어지는 것에 관한 이야기가 있는데, 그 이야기를 아주 좋아한답니다. 어떤 사람들은 그게 잠재의식을 위한 은유라고 얘기하는데요. 전 단지 지하 세계에 매우 관심이 있을 뿐이에요."◆

◆ 미국 잡지 뉴요커(The New Yorker) 인터뷰(2019, 인터뷰어: 데보라 트레이스만)

하루키의 분신이라고 할 수 있는 『노르웨이의 숲』의 와타나베 역시 우물을 좋아하고, 우물 속에 돌을 던져 수면을 때리는 소리로 마음을 가라앉히곤 하는 걸 보면 틀린 말은 아닐 것이다. 하루키는 평생의 꿈이 우물에 앉아 있는 것이라고 이야기하기도 했는데, 자기 내면의 세계로 들어가 차분히 소설을 계속해서 쓰고 싶다는 이야기가 아닐까. 그 꿈은 여전히 잘 지켜지고 있다. 하루키는 어두운 우물 바닥으로 내려가는 느낌을 가지고 소설을 쓰는 작업을 진행한다. 오직 어두움에 들어가야만 다음에 이어질 이야기를 쓸 수 있는 것이다. 하루키는 스스로 작가로서의 재능이 있냐는 질문을 받으면, 소설을 쓰기 위해 어둠으로 들어갈 방법을 안다는 것 정도가 재능이라면 재능이라고 이야기한다.

하루키는 그의 소설 속 주인공이 그렇듯 어두운 우물에 앉아서 고독과 고립감을 느끼며 『스푸트니크의 연인』의 스미레의 입을 통해 잭 케루악의 글귀를 독자들에게 전한다.

> "사람은 그 인생에서 한 번쯤은 황야로 들어가 건강하면서도 어느 정도는 지루하기까지 한 고독과 절망을 경험해야 한다. 자신이 오직 자기의 육체에 의존하고 있다는 사실을 발견한 뒤에 자신에게 숨겨져 있는 진실한 힘을 깨달아야 한다."

소설을 쓰는 이유가 바로 '나 자신이 무엇인가'에 대한 물음이라는 하루키의 고독한 우물로 내려가기는 계속되고 있다.

키워드 분류

15년의 아카이빙,
하루키를 이해하는 40가지 키워드

하루키를 만나다

초판1쇄 인쇄 2024년 02월 20일
초판1쇄 발행 2024년 03월 04일

지은이 신성현
펴낸이 최병윤
편집자 이우경
펴낸곳 알비
출판등록 2013년 7월 24일 제2022-000213호
주소 서울시 마포구 월드컵로10길 28, 202호
전화 02-334-4045 팩스 02-334-4046

종이 일문지업
인쇄 이든미디어

ISBN 979-11-91553-73-4 03810
가격 17,000원

독자 여러분의 소중한 원고를 기다립니다(rbbooks@naver.com).